D1128080

CONTES

A Jean-Philippe
qui sait que les
« contes de fée »
ne sont pas faits que
pour les enfants ...

mai 97
de : Johanna.

PERRAULT

Contes

CHARLES PERRAULT
(1628-1703)

Le 12 janvier 1628, à Paris, naît Charles Perrault, dans une famille de la bourgeoisie parlementaire. Il a quatre frères, dont deux deviendront aussi célèbres que lui. Sa mère a du mal à lui apprendre à lire. Pourtant, dès son entrée, à 8 ans, au célèbre Collège de Beauvais, où l'on ne parle et n'écrit qu'en latin, il se révèle un élève très doué, capable de composer des poésies latines si brillantes que ses professeurs le soupçonnent de ne pas en être l'auteur.

Sa famille est janséniste. Lors d'un cours, s'étant permis de faire état de sa religion, il se voit couper la parole par son précepteur. Furieux, il quitte le Collège. Il a 15 ans. Pendant quatre ans, avec l'accord de ses parents, il étudie, seul, sans précepteur, la Bible, l'Histoire de France et les auteurs latins. En 1651, après avoir passé sa licence de droit, il est nommé avocat. Avec ses frères Claude et Nicolas, il publie *Les Murs de Troie*, ouvrage burlesque où les dieux antiques sont tournés en dérision. Son métier l'ennuie. Au Palais de Justice, il préfère les salons où il brille par son esprit et ses facilités d'écriture.

A la mort de son mari, Madame Perrault achète pour Pierre, son fils aîné, la charge prestigieuse de receveur des finances générales de Paris. Pierre prend aussitôt son frère Charles comme commis. Pendant dix ans, Charles va hanter les salons des Précieuses et faire sa cour auprès du jeune roi Louis XIV. La famille Perrault, lorsqu'en 1654 la Sorbonne a condamné le jansénisme, s'est ralliée à la cause royale, à l'exception de Nicolas, devenu théologien. Charles, qui a mis son talent au service du pouvoir, compose une *Ode sur la Paix* pour célébrer la fin de la guerre franco-espagnole, puis une *Ode pour le mariage du roi*.

En 1663, Colbert, qui l'a remarqué, l'engage comme commis. Trois ans plus tard, il devient Premier commis des Bâtiments. Pendant environ vingt ans, il va être une sorte de ministre de la culture, distribuant les pensions aux artistes et écrivains, supervisant tout ce qui — livres, monuments... — contribue à la gloire du Roi-Soleil. Pierre, son frère, impliqué dans un scandale financier, a été ruiné. Charles l'aide à supporter sa disgrâce. Et c'est à un autre frère, Claude, un médecin devenu architecte, qu'il fait appel pour la construction de l'Observatoire et la colonnade du Louvre.

L'Académie française — dont il modifie les règlements afin qu'elle soit mieux contrôlée par le pouvoir — l'accueille en 1671, moins pour son œuvre littéraire, alors très réduite, que parce qu'il est un personnage officiel. C'est là, en 1687, qu'il va relancer la querelle des Anciens et des Modernes et s'opposer violemment à Boileau, Racine (qu'il aida à percer), La Fontaine et La Bruyère, partisans des Anciens.

Célibataire endurci, il épouse, à 44 ans, Marie Guichon, de vingt-six ans sa cadette. En cinq ans, ils auront quatre enfants. Les maternités rapprochées épuisent la jeune femme, qui meurt en 1678. Charles Perrault s'occupe seul de l'éducation de ses enfants, libéré du poids de sa charge : en 1680, il a perdu la confiance de Colbert, qui a nommé à sa place son propre fils.

Il entreprend la rédaction de ses *Mémoires* et d'une épopée chrétienne en six chants, *Saint-Paulin*. La mode est alors aux contes de fées. Pour distraire son fils Pierre, enfant violent, difficile à éduquer, Charles Perrault rassemble, en les rendant plus vivantes, ces histoires merveilleuses que, depuis des siècles, on se raconte à la veillée. C'est sous le nom de son fils — Pierre Darmancour — que Charles Perrault les fait publier en 1697 (Ce n'est qu'en 1724, vingt ans après sa mort, que les *Contes* lui seront « officiellement » attribués). Les *Contes de ma mère l'Oye* ont un succès immédiat mais Charles Perrault, toujours engagé dans la polémique entre Anciens et Modernes, et craignant pour sa réputation de sérieux, n'ose avouer en être l'auteur. Il espère aussi que son fils, grâce à ces *Contes*, pourra entrer à la Cour. Mais cette même année, Pierre, qui a 19 ans, tue un jeune voisin lors d'une querelle. Il n'ira pas à Versailles, mais aux armées, et mourra au champ d'honneur trois ans plus tard, en 1700.

Brisé par cet accident, Charles Perrault continue la rédaction de ses *Mémoires*, tout en se détachant progressivement du monde. Le 16 mai 1703, il s'éteint à Paris, à l'âge de 75 ans.

GRISELIDIS

Nouvelle

A MADEMOISELLE**

En vous offrant, jeune et sage Beauté,
    Ce modèle de Patience,
    Je ne me suis jamais flatté
Que par vous de tout point il serait imité,
    C'en serait trop en conscience.

    Mais Paris où l'homme est poli,
    Où le beau sexe né pour plaire
    Trouve son bonheur accompli,
    De tous côtés est si rempli
    D'exemples du vice contraire,
    Qu'on ne peut en toute saison,
    Pour s'en garder ou s'en défaire,
    Avoir trop de contrepoison.

    Une Dame aussi patiente
Que celle dont ici je relève le prix,
    Serait partout une chose étonnante,
    Mais ce serait un prodige à Paris.

    Les femmes y sont souveraines,
    Tout s'y règle selon leurs vœux,
    Enfin c'est un climat heureux
    Qui n'est habité que de Reines.

Ainsi je vois que de toutes façons,
    Griselidis y sera peu prisée,
Et qu'elle y donnera matière de risée,
    Par ses trop antiques leçons.

    Ce n'est pas que la Patience
Ne soit une vertu des Dames de Paris,
Mais par un long usage elles ont la science
De la faire exercer par leurs propres maris.

GRISELIDIS

Nouvelle

Au pied des célèbres montagnes
Où le Pô s'échappant de dessous ses roseaux,
   Va dans le sein des prochaines campagnes
     Promener ses naissantes eaux,
     Vivait un jeune et vaillant Prince,
     Les délices de sa Province :
Le Ciel, en le formant, sur lui tout à la fois
     Versa ce qu'il a de plus rare,
Ce qu'entre ses amis d'ordinaire il sépare,
     Et qu'il ne donne qu'aux grands Rois.

Comblé de tous les dons et du corps et de l'âme,
Il fut robuste, adroit, propre au métier de Mars,
Et par l'instinct secret d'une divine flamme,
     Avec ardeur il aima les beaux Arts.
Il aima les combats, il aima la victoire,
     Les grands projets, les actes valeureux,
Et tout ce qui fait vivre un beau nom dans
                        [l'histoire ;
     Mais son cœur tendre et généreux
Fut encor plus sensible à la solide gloire
     De rendre ses Peuples heureux.

Ce tempérament héroïque
Fut obscurci d'une sombre vapeur
    Qui, chagrine et mélancolique,
Lui faisait voir dans le fond de son cœur
Tout le beau sexe infidèle et trompeur :
Dans la femme où brillait le plus rare mérite,
    Il voyait une âme hypocrite,
    Un esprit d'orgueil enivré,
Un cruel ennemi qui sans cesse n'aspire
    Qu'à prendre un souverain empire
Sur l'homme malheureux qui lui sera livré.

    Le fréquent usage du monde,
Où l'on ne voit qu'Époux subjugués ou trahis,
    Joint à l'air jaloux du Pays,
    Accrut encor cette haine profonde.
    Il jura donc plus d'une fois
Que quand même le Ciel pour lui plein de
                                    [tendresse
    Formerait une autre Lucrèce,
Jamais de l'hyménée il ne suivrait les lois.

Ainsi, quand le matin, qu'il donnait aux affaires,
    Il avait réglé sagement
    Toutes les choses nécessaires
    Au bonheur du gouvernement,
Que du faible orphelin, de la veuve oppressée,
    Il avait conservé les droits,
Ou banni quelque impôt qu'une guerre forcée
    Avait introduit autrefois,
    L'autre moitié de la journée
    A la chasse était destinée,
    Où les Sangliers et les Ours,

    Malgré leur fureur et leurs armes
    Lui donnaient encor moins d'alarmes
Que le sexe charmant qu'il évitait toujours.
Cependant ses sujets que leur intérêt presse
    De s'assurer d'un successeur
Qui les gouverne un jour avec même douceur,
A leur donner un fils le conviaient sans cesse.

Un jour dans le Palais ils vinrent tous en corps
    Pour faire leurs derniers efforts ;
  Un Orateur d'une grave apparence,
    Et le meilleur qui fût alors,
Dit tout ce qu'on peut dire en pareille occurrence.
    Il marqua leur désir pressant
De voir sortir du Prince une heureuse lignée
Qui rendît à jamais leur État florissant ;
    Il lui dit même en finissant
    Qu'il voyait un Astre naissant
    Issu de son chaste hyménée
    Qui faisait pâlir le Croissant.

D'un ton plus simple et d'une voix moins forte,
Le Prince à ses sujets répondit de la sorte :

  « Le zèle ardent, dont je vois qu'en ce jour
  Vous me portez aux nœuds du mariage,
  Me fait plaisir, et m'est de votre amour
    Un agréable témoignage ;
    J'en suis sensiblement touché,
Et voudrais dès demain pouvoir vous satisfaire :
  Mais à mon sens l'hymen est une affaire
Où plus l'homme est prudent, plus il est empêché.

Observez bien toutes les jeunes filles;
Tant qu'elles sont au sein de leurs familles,
 Ce n'est que vertu, que bonté,
 Que pudeur, que sincérité,
 Mais sitôt que le mariage
 Au déguisement a mis fin,
 Et qu'ayant fixé leur destin
 Il n'importe plus d'être sage,
 Elles quittent leur personnage,
 Non sans avoir beaucoup pâti,
 Et chacune dans son ménage
 Selon son gré prend son parti.

L'une d'humeur chagrine, et que rien ne récrée,
 Devient une Dévote outrée,
 Qui crie et gronde à tous moments;
 L'autre se façonne en Coquette,
 Qui sans cesse écoute ou caquette,
 Et n'a jamais assez d'Amants;
Celle-ci des beaux Arts follement curieuse,
 De tout décide avec hauteur,
 Et critiquant le plus habile Auteur,
 Prend la forme de Précieuse;
 Cette autre s'érige en Joueuse,
Perd tout, argent, bijoux, bagues, meubles de prix,
 Et même jusqu'à ses habits.

Dans la diversité des routes qu'elles tiennent,
 Il n'est qu'une chose où je voi
 Qu'enfin toutes elles conviennent,
 C'est de vouloir donner la loi.
Or je suis convaincu que dans le mariage

On ne peut jamais vivre heureux,
   Quand on y commande tous deux;
Si donc vous souhaitez qu'à l'hymen je m'engage,
   Cherchez une jeune Beauté
   Sans orgueil et sans vanité,
   D'une obéissance achevée,
   D'une patience éprouvée,
   Et qui n'ait point de volonté,
  Je la prendrai quand vous l'aurez trouvée. »
Le Prince ayant mis fin à ce discours moral,
   Monte brusquement à cheval,
   Et court joindre à perte d'haleine
Sa meute qui l'attend au milieu de la plaine.

Après avoir passé des prés et des guérets,
Il trouve ses Chasseurs couchés sur l'herbe verte;
   Tous se lèvent et tous alerte,
Font trembler de leurs cors les hôtes des forêts.
  Des chiens courants l'aboyante famille,
  Deçà, delà, parmi le chaume brille,
   Et les Limiers à l'œil ardent
Qui du fort de la Bête à leur poste reviennent,
   Entraînent en les regardant
  Les forts valets qui les retiennent.

  S'étant instruit par un des siens
  Si tout est prêt, si l'on est sur la trace,
Il ordonne aussitôt qu'on commence la chasse,
   Et fait donner le Cerf aux chiens.
   Le son des cors qui retentissent,
   Le bruit des chevaux qui hennissent
Et des chiens animés les pénétrants abois,

Remplissent la forêt de tumulte et de trouble,
Et pendant que l'écho sans cesse les redouble,
S'enfoncent avec eux dans les plus creux du bois.

Le Prince, par hasard ou par sa destinée,
    Prit une route détournée
    Où nul des Chasseurs ne le suit ;
    Plus il court, plus il s'en sépare :
    Enfin à tel point il s'égare
Que des chiens et des cors il n'entend plus le bruit.
L'endroit où le mena sa bizarre aventure,
   Clair de ruisseaux et sombre de verdure,
Saisissait les esprits d'une secrète horreur ;
    La simple et naïve Nature
   S'y faisait voir et si belle et si pure,
   Que mille fois il bénit son erreur.

    Rempli des douces rêveries
Qu'inspirent les grands bois, les eaux et les
                    [prairies,
Il sent soudain frapper et son cœur et ses yeux
    Par l'objet le plus agréable,
    Le plus doux et le plus aimable
    Qu'il eût jamais vu sous les Cieux.

    C'était une jeune Bergère
    Qui filait aux bords d'un ruisseau,
    Et qui conduisant son troupeau,
    D'une main sage et ménagère
    Tournait son agile fuseau.

Elle aurait pu dompter les cœurs les plus
                                    [sauvages;
   Des lys, son teint a la blancheur,
   Et sa naturelle fraîcheur
S'était toujours sauvée à l'ombre des bocages :
Sa bouche, de l'enfance avait tout l'agrément,
Et ses yeux qu'adoucit une brune paupière,
   Plus bleus que n'est le firmament,
   Avaient aussi plus de lumière.

Le Prince, avec transport, dans le bois se glissant,
Contemple les beautés dont son âme est émue,
   Mais le bruit qu'il fait en passant
De la Belle sur lui fit détourner la vue;
   Dès qu'elle se vit aperçue,
D'un brillant incarnat la prompte et vive ardeur
  De son beau teint redoubla la splendeur,
   Et sur son visage épandue,
   Y fit triompher la pudeur.

Sous le voile innocent de cette honte aimable,
Le Prince découvrit une simplicité,
   Une douceur, une sincérité,
   Dont il croyait le beau sexe incapable,
   Et qu'il voit là dans toute leur beauté.

Saisi d'une frayeur pour lui toute nouvelle,
Il s'approche interdit, et plus timide qu'elle,
   Lui dit d'une tremblante voix,
Que de tous ses Veneurs il a perdu la trace,
   Et lui demande si la chasse
   N'a point passé quelque part dans le bois.

« Rien n'a paru, Seigneur, dans cette solitude,
Dit-elle, et nul ici que vous seul n'est venu ;
     Mais n'ayez point d'inquiétude,
Je remettrai vos pas sur un chemin connu.

     — De mon heureuse destinée
Je ne puis, lui dit-il, trop rendre grâce aux Dieux ;
     Depuis longtemps je fréquente ces lieux,
Mais j'avais ignoré jusqu'à cette journée
     Ce qu'ils ont de plus précieux. »

Dans ce temps elle voit que le Prince se baisse
     Sur le moite bord du ruisseau,
   Pour étancher dans le cours de son eau
     La soif ardente qui le presse.
     « Seigneur, attendez un moment »,
     Dit-elle, et courant promptement
   Vers sa cabane, elle y prend une tasse
     Qu'avec joie et de bonne grâce,
   Elle présente à ce nouvel Amant.

Les vases précieux de cristal et d'agate
     Où l'or en mille endroits éclate,
Et qu'un Art curieux avec soin façonna,
N'eurent jamais pour lui, dans leur pompe inutile,
     Tant de beauté que le vase d'argile
     Que la Bergère lui donna.

Cependant pour trouver une route facile
     Qui mène le Prince à la Ville,
Ils traversent des bois, des rochers escarpés
     Et de torrents entrecoupés ;

Le Prince n'entre point dans de route nouvelle
Sans en bien observer tous les lieux d'alentour,
   Et son ingénieux Amour
   Qui songeait au retour,
   En fit une carte fidèle.

   Dans un bocage sombre et frais
   Enfin la Bergère le mène,
Où de dessous ses branchages épais
Il voit au loin dans le sein de la plaine
Les toits dorés de son riche Palais.

   S'étant séparé de la Belle,
   Touché d'une vive douleur,
   A pas lents il s'éloigne d'Elle,
  Chargé du trait qui lui perce le cœur;
  Le souvenir de sa tendre aventure
  Avec plaisir le conduisit chez lui.
Mais dès le lendemain il sentit sa blessure,
Et se vit accablé de tristesse et d'ennui.
   Dès qu'il le peut il retourne à la chasse,
   Où de sa suite adroitement
   Il s'échappe et se débarrasse
   Pour s'égarer heureusement.
Des arbres et des monts les cimes élevées,
  Qu'avec grand soin il avait observées,
Et les avis secrets de son fidèle amour,
Le guidèrent si bien que malgré les traverses
    De cent routes diverses,
De sa jeune Bergère il trouva le séjour.

Il sut qu'elle n'a plus que son Père avec elle,
   Que Griselidis on l'appelle,

Qu'ils vivent doucement du lait de leurs brebis,
Et que de leur toison qu'elle seule elle file,
    Sans avoir recours à la Ville,
    Ils font eux-mêmes leurs habits.

    Plus il la voit, plus il s'enflamme
    Des vives beautés de son âme;
Il connaît en voyant tant de dons précieux,
    Que si la Bergère est si belle,
    C'est qu'une légère étincelle
De l'esprit qui l'anime a passé dans ses yeux.

    Il ressent une joie extrême
D'avoir si bien placé ses premières amours;
Ainsi sans plus tarder, il fit dès le jour même
Assembler son Conseil et lui tint ce discours :

    « Enfin aux Lois de l'Hyménée
    Suivant vos vœux je me vais engager;
Je ne prends point ma femme en Pays étranger,
Je la prends parmi vous, belle, sage, bien née,
Ainsi que mes aïeux ont fait plus d'une fois,
    Mais j'attendrai cette grande journée
    A vous informer de mon choix. »
    Dès que la nouvelle fut sue,
    Partout elle fut répandue.
On ne peut dire avec combien d'ardeur
    L'allégresse publique
    De tous côtés s'explique;
    Le plus content fut l'Orateur,
    Qui par son discours pathétique
Croyait d'un si grand bien être l'unique Auteur.

Qu'il se trouvait homme de conséquence !
« Rien ne peut résister à la grande éloquence »,
   Disait-il sans cesse en son cœur.

Le plaisir fut de voir le travail inutile
   Des Belles de toute la Ville
  Pour s'attirer et mériter le choix
Du Prince leur Seigneur, qu'un air chaste et
                         [modeste
Charmait uniquement et plus que tout le reste,
   Ainsi qu'il l'avait dit cent fois.

D'habit et de maintien toutes elles changèrent,
   D'un ton dévot elles toussèrent,
  Elles radoucirent leurs voix,
  De demi-pied les coiffures baissèrent,
La gorge se couvrit, les manches s'allongèrent,
A peine on leur voyait le petit bout des doigts.

   Dans la Ville avec diligence,
   Pour l'Hymen dont le jour s'avance,
   On voit travailler tous les Arts :
  Ici se font de magnifiques chars
   D'une forme toute nouvelle,
   Si beaux et si bien inventés,
   Que l'or qui partout étincelle
   En fait la moindre des beautés.
Là, pour voir aisément et sans aucun obstacle
   Toute la pompe du spectacle,
   On dresse de longs échafauds,
   Ici de grands Arcs triomphaux
Où du Prince guerrier se célèbre la gloire,
Et de l'Amour sur lui l'éclatante victoire.

Là, sont forgés d'un art industrieux,
Ces feux qui par les coups d'un innocent tonnerre,
    En effrayant la Terre,
De mille astres nouveaux embellissent les Cieux.
    Là d'un ballet ingénieux
Se concerte avec soin l'agréable folie,
Et là d'un Opéra peuplé de mille Dieux,
Le plus beau que jamais ait produit l'Italie,
On entend répéter les airs mélodieux.

    Enfin, du fameux Hyménée,
    Arriva la grande journée.

    Sur le fond d'un Ciel vif et pur,
    A peine l'Aurore vermeille
    Confondait l'or avec l'azur,
Que partout en sursaut le beau sexe s'éveille;
Le Peuple curieux s'épand de tous côtés,
En différents endroits des Gardes sont postés
    Pour contenir la Populace,
    Et la contraindre à faire place.
    Tout le Palais retentit de clairons,
De flûtes, de hautbois, de rustiques musettes,
    Et l'on n'entend aux environs
    Que des tambours et des trompettes.
Enfin le Prince sort entouré de sa Cour,
    Il s'élève un long cri de joie,
Mais on est bien surpris quand au premier détour,
De la Forêt prochaine on voit qu'il prend la voie,
    Ainsi qu'il faisait chaque jour.

« Voilà, dit-on, son penchant qui l'emporte,
Et de ses passions, en dépit de l'Amour,
    La Chasse est toujours la plus forte. »

    Il traverse rapidement
Les guérets de la plaine et gagnant la montagne,
Il entre dans le bois au grand étonnement
    De la Troupe qui l'accompagne.

Après avoir passé par différents détours,
Que son cœur amoureux se plaît à reconnaître,
    Il trouve enfin la cabane champêtre,
        Où logent ses tendres amours.

    Griselidis de l'Hymen informée,
        Par la voix de la Renommée,
        En avait pris son bel habillement;
Et pour en aller voir la pompe magnifique,
        De dessous sa case rustique
        Sortait en ce même moment.

    « Où courez-vous si prompte et si légère?
        Lui dit le Prince en l'abordant
        Et tendrement la regardant;
Cessez de vous hâter, trop aimable Bergère :
La noce où vous allez, et dont je suis l'Époux,
        Ne saurait se faire sans vous.

    Oui, je vous aime, et je vous ai choisie
        Entre mille jeunes beautés,
Pour passer avec vous le reste de ma vie,
Si toutefois mes vœux ne sont pas rejetés.

— Ah! dit-elle, Seigneur, je n'ai garde de croire
Que je sois destinée à ce comble de gloire,
    Vous cherchez à vous divertir.
        — Non, non, dit-il, je suis sincère,
        J'ai déjà pour moi votre Père,
(Le Prince avait eu soin de l'en faire avertir).
    Daignez, Bergère, y consentir,
    C'est là tout ce qui reste à faire.
Mais afin qu'entre nous une solide paix
    Éternellement se maintienne,
Il faudrait me jurer que vous n'aurez jamais
    D'autre volonté que la mienne.

— Je le jure, dit-elle, et je vous le promets;
Si j'avais épousé le moindre du Village,
    J'obéirais, son joug me serait doux;
        Hélas! combien donc davantage,
        Si je viens à trouver en vous
        Et mon Seigneur et mon Époux. »

        Ainsi le Prince se déclare,
Et pendant que la Cour applaudit à son choix,
Il porte la Bergère à souffrir qu'on la pare
Des ornements qu'on donne aux Épouses des Rois.
Celles qu'à cet emploi leur devoir intéresse
Entrent dans la cabane, et là diligemment
Mettent tout leur savoir et toute leur adresse
A donner de la grâce à chaque ajustement.

        Dans cette Hutte où l'on se presse
        Les Dames admirent sans cesse
        Avec quel art la Pauvreté

S'y cache sous la Propreté ;
Et cette rustique Cabane,
Que couvre et rafraîchit un spacieux Platane,
Leur semble un séjour enchanté.

Enfin, de ce Réduit sort pompeuse et brillante
La Bergère charmante ;
Ce ne sont qu'applaudissements
Sur sa beauté, sur ses habillements ;
Mais sous cette pompe étrangère
Déjà plus d'une fois le Prince a regretté
Des ornements de la Bergère
L'innocente simplicité.

Sur un grand char d'or et d'ivoire,
La Bergère s'assied pleine de majesté ;
Le Prince y monte avec fierté,
Et ne trouve pas moins de gloire
A se voir comme Amant assis à son côté
Qu'à marcher en triomphe après une victoire ;
La Cour les suit et tous gardent le rang
Que leur donne leur charge ou l'éclat de leur sang.

La Ville dans les champs presque toute sortie
Couvrait les plaines d'alentour,
Et du choix du Prince avertie,
Avec impatience attendait son retour.
Il paraît, on le joint. Parmi l'épaisse foule
Du Peuple qui se fend le char à peine roule ;
Par les longs cris de joie à tout coup redoublés
Les chevaux émus et troublés
Se cabrent, trépignent, s'élancent,

Et reculent plus qu'ils n'avancent.
Dans le Temple on arrive enfin,
Et là par la chaîne éternelle
D'une promesse solennelle,
Les deux Époux unissent leur destin;
Ensuite au Palais ils se rendent,
Où mille plaisirs les attendent,
Où la Danse, les Jeux, les Courses, les Tournois,
Répandent l'allégresse en différents endroits;
Sur le soir le blond Hyménée
De ses chastes douceurs couronna la journée.

Le lendemain, les différents États
De toute la Province
Accourent haranguer la Princesse et le Prince
Par la voix de leurs Magistrats.

De ses Dames environnée,
Griselidis, sans paraître étonnée,
En Princesse les entendit,
En Princesse leur répondit.
Elle fit toute chose avec tant de prudence,
Qu'il sembla que le Ciel eût versé ses trésors
Avec encor plus d'abondance
Sur son âme que sur son corps.
Par son esprit, par ses vives lumières,
Du grand monde aussitôt elle prit les manières,
Et même dès le premier jour
Des talents, de l'humeur des Dames de sa Cour,
Elle se fit si bien instruire,
Que son bon sens jamais embarrassé
Eut moins de peine à les conduire

Que ses brebis du temps passé.

Avant la fin de l'an, des fruits de l'Hyménée
   Le Ciel bénit leur couche fortunée ;
Ce ne fut pas un Prince, on l'eût bien souhaité ;
Mais la jeune Princesse avait tant de beauté
Que l'on ne songea plus qu'à conserver sa vie ;
Le Père qui lui trouve un air doux et charmant
   La venait voir de moment en moment,
    Et la Mère encor plus ravie
    La regardait incessamment.

   Elle voulut la nourrir elle-même :
« Ah ! dit-elle, comment m'exempter de l'emploi
    Que ses cris demandent de moi
    Sans une ingratitude extrême ?
   Par un motif de Nature ennemi
Pourrais-je bien vouloir de mon Enfant que j'aime
    N'être la Mère qu'à demi ? »

Soit que le Prince eût l'âme un peu moins
                 [enflammée
   Qu'aux premiers jours de son ardeur,
   Soit que de sa maligne humeur
   La masse se fût rallumée,
   Et de son épaisse fumée
Eût obscurci ses sens et corrompu son cœur,
   Dans tout ce que fait la Princesse,
Il s'imagine voir peu de sincérité.
   Sa trop grande vertu le blesse,
C'est un piège qu'on tend à sa crédulité ;
Son esprit inquiet et de trouble agité

   Croit tous les soupçons qu'il écoute,
Et prend plaisir à révoquer en doute
   L'excès de sa félicité

Pour guérir les chagrins dont son âme est atteinte,
Il la suit, il l'observe, il aime à la troubler
   Par les ennuis de la contrainte,
   Par les alarmes de la crainte,
   Par tout ce qui peut démêler
   La vérité d'avec la feinte.
   « C'est trop, dit-il, me laisser endormir ;
   Si ses vertus sont véritables,
   Les traitements les plus insupportables
   Ne feront que les affermir. »

   Dans son Palais il la tient resserrée,
Loin de tous les plaisirs qui naissent à la Cour,
Et dans sa chambre, où seule elle vit retirée,
   A peine il laisse entrer le jour.
   Persuadé que la Parure
   Et le superbe Ajustement
Du sexe que pour plaire a formé la Nature
   Est le plus doux enchantement
   Il lui demande avec rudesse
Les perles, les rubis, les bagues, les bijoux
   Qu'il lui donna pour marque de tendresse,
Lorsque de son Amant il devint son Époux.

   Elle dont la vie est sans tache,
   Et qui n'a jamais eu d'attache
   Qu'à s'acquitter de son devoir,
   Les lui donne sans s'émouvoir,

Et même, le voyant se plaire à les reprendre,
   N'a pas moins de joie à les rendre
   Qu'elle en eut à les recevoir.

« Pour m'éprouver mon Époux me tourmente,
Dit-elle, et je vois bien qu'il ne me fait souffrir
Qu'afin de réveiller ma vertu languissante,
Qu'un doux et long repos pourrait faire périr.
S'il n'a pas ce dessein, du moins suis-je assurée
Que telle est du Seigneur la conduite sur moi
Et que de tant de maux l'ennuyeuse durée
N'est que pour exercer ma constance et ma foi.
   Pendant que tant de malheureuses
   Errant au gré de leurs désirs
   Par mille routes dangereuses,
   Après de faux et vains plaisirs ;
Pendant que le Seigneur dans sa lente justice
   Les laisse aller aux bords du précipice
   Sans prendre part à leur danger,
Par un pur mouvement de sa bonté suprême,
   Il me choisit comme un enfant qu'il aime,
   Et s'applique à me corriger.

Aimons donc sa rigueur utilement cruelle,
   On n'est heureux qu'autant qu'on a souffert,
   Aimons sa bonté paternelle
   Et la main dont elle se sert. »

Le Prince a beau la voir obéir sans contrainte
   A tous ses ordres absolus :
« Je vois le fondement de cette vertu feinte,
Dit-il, et ce qui rend tous mes coups superflus,

C'est qu'ils n'ont porté leur atteinte
Qu'à des endroits où son amour n'est plus.

Dans son Enfant, dans la jeune Princesse,
   Elle a mis toute sa tendresse;
A l'éprouver si je veux réussir,
   C'est là qu'il faut que je m'adresse,
   C'est là que je puis m'éclaircir. »

Elle venait de donner la mamelle
   Au tendre objet de son amour ardent,
Qui couché sur son sein se jouait avec elle,
      Et riait en la regardant :
« Je vois que vous l'aimez, lui dit-il, cependant
Il faut que je vous l'ôte en cet âge encor tendre,
Pour lui former les mœurs et pour la préserver
De certains mauvais airs qu'avec vous l'on peut
                              [prendre;
      Mon heureux sort m'a fait trouver
Une Dame d'esprit qui saura l'élever
Dans toutes les vertus et dans la politesse
      Que doit avoir une Princesse.
      Disposez-vous à la quitter,
      On va venir pour l'emporter. »

Il la laisse à ces mots, n'ayant pas le courage,
      Ni les yeux assez inhumains,
      Pour voir arracher de ses mains
      De leur amour l'unique gage;
Elle de mille pleurs se baigne le visage,
      Et dans un morne accablement
Attend de son malheur le funeste moment.

Dès que d'une action si triste et si cruelle
Le ministre odieux à ses yeux se montra,
 « Il faut obéir », lui dit-elle ;
Puis prenant son Enfant qu'elle considéra,
 Qu'elle baisa d'une ardeur maternelle,
Qui de ses petits bras tendrement la serra,
 Toute en pleurs elle le livra.
 Ah ! que sa douleur fut amère !
 Arracher l'enfant ou le cœur
 Du sein d'une si tendre Mère,
  C'est la même douleur.

 Près de la Ville était un Monastère,
  Fameux par son antiquité,
Où des Vierges vivaient dans une règle austère,
Sous les yeux d'une Abbesse illustre en piété.
  Ce fut là que dans le silence,
  Et sans déclarer sa naissance,
On déposa l'Enfant, et des bagues de prix,
  Sous l'espoir d'une récompense
  Digne des soins que l'on en aurait pris.

Le Prince qui tâchait d'éloigner par la chasse
  Le vif remords qui l'embarrasse
  Sur l'excès de sa cruauté,
  Craignait de revoir la Princesse,
Comme on craint de revoir une fière Tigresse
  A qui son faon vient d'être ôté ;
  Cependant il en fut traité
  Avec douceur, avec caresse,
  Et même avec cette tendresse
Qu'elle eut aux plus beaux jours de sa prospérité.

Par cette complaisance et si grande et si prompte,
  Il fut touché de regret et de honte;
  Mais son chagrin demeura le plus fort :
Ainsi, deux jours après, avec des larmes feintes,
Pour lui porter encor de plus vives atteintes,
    Il lui vint dire que la Mort
De leur aimable Enfant avait fini le sort.

Ce coup inopiné mortellement la blesse,
    Cependant malgré sa tristesse,
Ayant vu son Époux qui changeait de couleur,
  Elle parut oublier son malheur,
    Et n'avoir même de tendresse
Que pour le consoler de sa fausse douleur.

  Cette bonté, cette ardeur sans égale
      D'amitié conjugale,
Du Prince tout à coup désarmant la rigueur,
Le touche, le pénètre et lui change le cœur,
    Jusque-là qu'il lui prend envie
    De déclarer que leur Enfant
    Jouit encore de la vie;
Mais sa bile s'élève et fière lui défend
    De rien découvrir du mystère
    Qu'il peut être utile de taire.

Dès ce bienheureux jour telle des deux Époux
    Fut la mutuelle tendresse,
Qu'elle n'est point plus vive aux moments les plus
                                        [doux
    Entre l'Amant et la Maîtresse.

Quinze fois le Soleil, pour former les saisons,
Habita tour à tour dans ses douze maisons,
    Sans rien voir qui les désunisse;
    Que si quelquefois par caprice
    Il prend plaisir à la fâcher,
    C'est seulement pour empêcher
    Que l'amour ne se ralentisse,
Tel que le Forgeron qui pressant son labeur,
    Répand un peu d'eau sur la braise
    De sa languissante fournaise
    Pour en redoubler la chaleur.

    Cependant la jeune Princesse
    Croissait en esprit, en sagesse;
   A la douceur, à la naïveté
   Qu'elle tenait de son aimable Mère,
   Elle joignit de son illustre Père
    L'agréable et noble fierté;
L'amas de ce qui plaît dans chaque caractère
    Fit une parfaite beauté.

    Partout comme un Astre elle brille;
Et par hasard un Seigneur de la Cour,
   Jeune, bien fait et plus beau que le jour,
    L'ayant vu paraître à la grille,
   Conçut pour elle un violent amour.
Par l'instinct qu'au beau sexe a donné la Nature
    Et que toutes les Beautés ont
    De voir l'invisible blessure
   Que font leurs yeux, au moment qu'ils la font,
    La Princesse fut informée
    Qu'elle était tendrement aimée.

Après avoir quelque temps résisté
Comme on le doit avant que de se rendre,
  D'un amour également tendre
  Elle l'aima de son côté.

Dans cet Amant, rien n'était à reprendre,
Il était beau, vaillant, né d'illustres aïeux
  Et dès longtemps pour en faire son Gendre
  Sur lui le Prince avait jeté les yeux.
Ainsi donc avec joie il apprit la nouvelle
    De l'ardeur tendre et mutuelle
    Dont brûlaient ces jeunes Amants ;
  Mais il lui prit une bizarre envie
De leur faire acheter par de cruels tourments
    Le plus grand bonheur de leur vie.

« Je me plairai, dit-il, à les rendre contents ;
    Mais il faut que l'Inquiétude,
    Par tout ce qu'elle a de plus rude,
    Rende encor leurs feux plus constants ;
    De mon Épouse en même temps
    J'exercerai la patience,
    Non point, comme jusqu'à ce jour,
Pour assurer ma folle défiance,
Je ne dois plus douter de son amour ;
Mais pour faire éclater aux yeux de tout le Monde
Sa Bonté, sa Douceur, sa Sagesse profonde,
Afin que de ces dons si grands, si précieux,
    La Terre se voyant parée,
    En soit de respect pénétrée,
Et par reconnaissance en rende grâce aux Cieux. »

Il déclare en public que manquant de lignée,
En qui l'État un jour retrouve son Seigneur,
Que la fille qu'il eut de son fol hyménée
    Étant morte aussitôt que née,
  Il doit ailleurs chercher plus de bonheur;
Que l'Épouse qu'il prend est d'illustre naissance,
    Qu'en un Convent on l'a jusqu'à ce jour
    Fait élever dans l'innocence,
Et qu'il va par l'hymen couronner son amour.

  On peut juger à quel point fut cruelle
Aux deux jeunes Amants cette affreuse nouvelle;
Ensuite, sans marquer ni chagrin, ni douleur,
    Il avertit son Épouse fidèle
    Qu'il faut qu'il se sépare d'elle
    Pour éviter un extrême malheur;
Que le Peuple indigné de sa basse naissance
Le force à prendre ailleurs une digne alliance.

  « Il faut, dit-il, vous retirer
  Sous votre toit de chaume et de fougère
Après avoir repris vos habits de Bergère
    Que je vous ai fait préparer. »

Avec une tranquille et muette constance,
La Princesse entendit prononcer sa sentence;
    Sous les dehors d'un visage serein
    Elle dévorait son chagrin,
Et sans que la douleur diminuât ses charmes,
    De ses beaux yeux tombaient de grosses larmes,
Ainsi que quelquefois au retour du Printemps,
    Il fait Soleil et pleut en même temps.

« Vous êtes mon Époux, mon Seigneur, et mon
                                                    [Maître,
(Dit-elle en soupirant, prête à s'évanouir),
Et quelque affreux que soit ce que je viens d'ouïr,
    Je saurai vous faire connaître
Que rien ne m'est si cher que de vous obéir. »

Dans sa chambre aussitôt seule elle se retire,
Et là se dépouillant de ses riches habits,
    Elle reprend paisible et sans rien dire,
        Pendant que son cœur en soupire,
        Ceux qu'elle avait en gardant ses brebis.

        En cet humble et simple équipage,
Elle aborde le Prince et lui tient ce langage :

        « Je ne puis m'éloigner de vous
        Sans le pardon d'avoir su vous déplaire ;
        Je puis souffrir le poids de ma misère,
Mais je ne puis, Seigneur, souffrir votre courroux ;
Accordez cette grâce à mon regret sincère,
Et je vivrai contente en mon triste séjour,
        Sans que jamais le Temps altère
Ni mon humble respect, ni mon fidèle amour. »

Tant de soumission et tant de grandeur d'âme
        Sous un si vil habillement,
Qui dans le cœur du Prince en ce même moment
Réveilla tous les traits de sa première flamme,
Allaient casser l'arrêt de son bannissement.
        Ému par de si puissants charmes,
        Et prêt à répandre des larmes,
        Il commençait à s'avancer
            Pour l'embrasser,

Quand tout à coup l'impérieuse gloire
  D'être ferme en son sentiment
Sur son amour remporta la victoire,
Et le fit en ces mots répondre durement :

« De tout le temps passé j'ai perdu la mémoire,
  Je suis content de votre repentir,
    Allez, il est temps de partir. »

Elle part aussitôt, et regardant son Père
Qu'on avait revêtu de son rustique habit,
Et qui, le cœur percé d'une douleur amère,
Pleurait un changement si prompt et si subit :
« Retournons, lui dit-elle, en nos sombres
                                          [bocages,
Retournons habiter nos demeures sauvages,
Et quittons sans regret la pompe des Palais;
Nos cabanes n'ont pas tant de magnificence,
  Mais on y trouve avec plus d'innocence,
Un plus ferme repos, une plus douce paix. »

  Dans son désert à grand peine arrivée,
  Elle reprend et quenouille et fuseaux,
  Et va filer au bord des mêmes eaux
    Où le Prince l'avait trouvée.
    Là son cœur tranquille et sans fiel
    Cent fois le jour demande au Ciel
Qu'il comble son Époux de gloire, de richesses,
Et qu'à tous ses désirs il ne refuse rien;
    Un Amour nourri de caresses
    N'est pas plus ardent que le sien.
    Ce cher Époux qu'elle regrette

Voulant encore l'éprouver,
Lui fait dire dans sa retraite
Qu'elle ait à le venir trouver.

« Griselidis, dit-il, dès qu'elle se présente,
Il faut que la Princesse à qui je dois demain
      Dans le Temple donner la main,
      De vous et de moi soit contente.
Je vous demande ici tous vos soins, et je veux
Que vous m'aidiez à plaire à l'objet de mes vœux ;
Vous savez de quel air il faut que l'on me serve,
      Point d'épargne, point de réserve ;
Que tout sente le Prince, et le Prince amoureux.

      Employez toute votre adresse
      A parer son appartement,
      Que l'abondance, la richesse,
      La propreté, la politesse
      S'y fasse voir également ;
      Enfin songez incessamment
      Que c'est une jeune Princesse
        Que j'aime tendrement.

      Pour vous faire entrer davantage
      Dans les soins de votre devoir,
      Je veux ici vous faire voir
Celle qu'à bien servir mon ordre vous engage. »

      Telle qu'aux Portes du Levant
      Se montre la naissante Aurore,
      Telle parut en arrivant
      La Princesse plus belle encore.

Griselidis à son abord
Dans le fond de son cœur sentit un doux transport
     De la tendresse maternelle ;
     Du temps passé, de ses jours bienheureux,
     Le souvenir en son cœur se rappelle :
     « Hélas ! ma fille, en soi-même dit-elle,
Si le Ciel favorable eût écouté mes vœux,
Serait presque aussi grande, et peut-être aussi
                                        [belle. »

Pour la jeune Princesse en ce même moment
Elle prit un amour si vif, si véhément,
     Qu'aussitôt qu'elle fut absente,
     En cette sorte au Prince elle parla,
Suivant, sans le savoir, l'instinct qui s'en mêla :

     « Souffrez, Seigneur, que je vous représente
     Que cette Princesse charmante,
     Dont vous allez être l'Époux,
Dans l'aise, dans l'éclat, dans la pourpre nourrie,
Ne pourra supporter, sans en perdre la vie,
Les mêmes traitements que j'ai reçus de vous.

     Le besoin, ma naissance obscure,
     M'avaient endurcie aux travaux.
Et je pouvais souffrir toutes sortes de maux
     Sans peine et même sans murmure ;
Mais elle qui jamais n'a connu la douleur,
     Elle mourra dès la moindre rigueur,
Dès la moindre parole un peu sèche, un peu dure.
     Hélas ! Seigneur, je vous conjure
     De la traiter avec douceur.

— Songez, lui dit le Prince avec un ton sévère,
   A me servir selon votre pouvoir,
   Il ne faut pas qu'une simple Bergère
     Fasse des leçons, et s'ingère
     De m'avertir de mon devoir. »
   Griselidis, à ces mots, sans rien dire,
     Baisse les yeux et se retire.

Cependant pour l'Hymen les Seigneurs invités,
     Arrivèrent de tous côtés ;
     Dans une magnifique salle
     Où le Prince les assembla
Avant que d'allumer la torche nuptiale,
     En cette sorte il leur parla :

   « Rien au monde, après l'Espérance,
     N'est plus trompeur que l'Apparence ;
Ici l'on en peut voir un exemple éclatant.
     Qui ne croirait que ma jeune Maîtresse,
     Que l'Hymen va rendre Princesse,
     Ne soit heureuse et n'ait le cœur content ?
        Il n'en est rien pourtant.

     Qui pourrait s'empêcher de croire
Que ce jeune Guerrier amoureux de la gloire
N'aime à voir cet Hymen, lui qui dans les
                                        [Tournois
Va sur tous ses Rivaux remporter la victoire ?
     Cela n'est pas vrai toutefois.

Qui ne croirait encor qu'en sa juste colère,
Griselidis ne pleure et ne se désespère ?

Elle ne se plaint point, elle consent à tout,
Et rien n'a pu pousser sa patience à bout.

Qui ne croirait enfin que de ma destinée,
Rien ne peut égaler la course fortunée,
En voyant les appas de l'objet de mes vœux?
Cependant si l'Hymen me liait de ses nœuds,
  J'en concevrais une douleur profonde,
    Et de tous les Princes du Monde
    Je serais le plus malheureux.
L'Énigme vous paraît difficile à comprendre;
    Deux mots vont vous la faire entendre,
  Et ces deux mots feront évanouir
  Tous les malheurs que vous venez d'ouïr.

Sachez, poursuivit-il, que l'aimable Personne
  Que vous croyez m'avoir blessé le cœur,
    Est ma Fille, et que je la donne
    Pour Femme à ce jeune Seigneur
    Qui l'aime d'un amour extrême,
    Et dont il est aimé de même.

  Sachez encor, que touché vivement
    De la patience et du zèle
    De l'Épouse sage et fidèle
    Que j'ai chassée indignement,
  Je la reprends, afin que je répare,
Par tout ce que l'amour peut avoir de plus doux,
    Le traitement dur et barbare
    Qu'elle a reçu de mon esprit jaloux.

Plus grande sera mon étude
A prévenir tous ses désirs,
Qu'elle ne fut dans mon inquiétude
A l'accabler de déplaisirs ;
Et si dans tous les temps doit vivre la mémoire
Des ennuis dont son cœur ne fut point abattu,
Je veux que plus encore on parle de la gloire
Dont j'aurai couronné sa suprême vertu. »

Comme quand un épais nuage
A le jour obscurci,
Et que le Ciel de toutes parts noirci,
Menace d'un affreux orage ;
Si de ce voile obscur par les vents écarté
Un brillant rayon de clarté
Se répand sur le paysage,
Tout rit et reprend sa beauté ;
Telle, dans tous les yeux où régnait la tristesse,
Éclate tout à coup une vive allégresse.

Par ce prompt éclaircissement,
La jeune Princesse ravie
D'apprendre que du Prince elle a reçu la vie
Se jette à ses genoux qu'elle embrasse
                                        [ardemment.
Son père qu'attendrit une fille si chère,
La relève, la baise, et la mène à sa mère,
A qui trop de plaisir en un même moment
Ôtait presque tout sentiment
Son cœur, qui tant de fois en proie
Aux plus cuisants traits du malheur,
Supporta si bien la douleur,
Succombe au doux poids de la joie ;

A peine de ses bras pouvait-elle serrer
   L'aimable Enfant que le Ciel lui renvoie,
      Elle ne pouvait que pleurer.

« Assez dans d'autres temps vous pourrez
                                        [satisfaire,
   Lui dit le Prince, aux tendresses du sang ;
Reprenez les habits qu'exige votre rang,
      Nous avons des noces à faire. »

Au Temple on conduisit les deux jeunes Amants,
      Où la mutuelle promesse
      De se chérir avec tendresse
Affermit pour jamais leurs doux engagements.
Ce ne sont que Plaisirs, que Tournois magnifiques,
      Que Jeux, que Danses, que Musiques,
      Et que Festins délicieux,
Où sur Griselidis se tournent tous les yeux,
      Où sa patience éprouvée
      Jusques au Ciel est élevée
      Par mille éloges glorieux :
Des Peuples réjouis la complaisance est telle
      Pour leur Prince capricieux,
Qu'ils vont jusqu'à louer son épreuve cruelle,
      A qui d'une vertu si belle,
Si séante au beau sexe, et si rare en tous lieux,
      On doit un si parfait modèle.

A MONSIEUR***
EN LUI ENVOYANT
GRISELIDIS

Si je m'étais rendu à tous les différents avis qui m'ont été donnés sur l'Ouvrage que je vous envoie, il n'y serait rien demeuré que le Conte tout sec et tout uni, et en ce cas j'aurais mieux fait de n'y pas toucher et de le laisser dans son papier bleu où il est depuis tant d'années. Je le lus d'abord à deux de mes Amis. « Pourquoi, dit l'un, s'étendre si fort sur le caractère de votre Héros ? Qu'a-t-on à faire de savoir ce qu'il faisait le matin dans son Conseil, et moins encore à quoi il se divertissait l'après-dînée ? Tout cela est bon à retrancher. — Ôtez-moi, je vous prie, dit l'autre, la réponse enjouée qu'il fait aux Députés de son Peuple qui le pressent de se marier ; elle ne convient point à un Prince grave et sérieux. Vous voulez bien encore, poursuivit-il, que je vous conseille de supprimer la longue description de votre chasse ? Qu'importe tout cela au fond de votre histoire ? Croyez-moi, ce sont de vains et ambitieux ornements, qui appauvrissent votre Poème au lieu de l'enrichir. Il en est de même, ajouta-t-il, des préparatifs qu'on fait pour le mariage du Prince, tout cela est

oiseux et inutile. Pour vos Dames qui rabaissent
leurs coiffures, qui couvrent leurs gorges, et qui
allongent leurs manches, froide plaisanterie
aussi bien que celle de l'Orateur qui s'applaudit
de son éloquence. — Je demande encore, reprit
celui qui avait parlé le premier, que vous ôtiez les
réflexions Chrétiennes de Griselidis, qui dit que
c'est Dieu qui veut l'éprouver; c'est un sermon
hors de sa place. Je ne saurais encore souffrir les
inhumanités de votre Prince, elles me mettent en
colère, je les supprimerais. Il est vrai qu'elles
sont de l'Histoire, mais il n'importe. J'ôterais
encore l'Épisode du jeune Seigneur qui n'est là
que pour épouser la jeune Princesse, cela allonge
trop votre conte. — Mais, lui dis-je, le conte
finirait mal sans cela. — Je ne saurais que vous
dire, répondit-il, je ne laisserais pas que de
l'ôter. » A quelques jours de là, je fis la même
lecture à deux autres de mes Amis, qui ne me
dirent pas un seul mot sur les endroits dont je
viens de parler, mais qui en reprirent quantité
d'autres. « Bien loin de me plaindre de la rigueur
de votre critique, leur dis-je, je me plains de ce
qu'elle n'est pas assez sévère : vous m'avez passé
une infinité d'endroits que l'on trouve très dignes
de censure. — Comme quoi ? dirent-ils. — On
trouve, leur dis-je, que le caractère du Prince est
trop étendu, et qu'on n'a que faire de savoir ce
qu'il faisait le matin et encore moins l'après-
dînée. — On se moque de vous, dirent-ils tous
deux ensemble, quand on vous fait de sem-
blables critiques. — On blâme, poursuivis-je, la

réponse que fait le Prince à ceux qui le pressent
de se marier, comme trop enjouée et indigne
d'un Prince grave et sérieux. — Bon, reprit l'un
d'eux; et où est l'inconvénient qu'un jeune
Prince d'Italie, pays où l'on est accoutumé à voir
les hommes les plus graves et les plus élevés en
dignité dire des plaisanteries, et qui d'ailleurs
fait profession de mal parler et des femmes et du
mariage, matières si sujettes à la raillerie, se soit
un peu réjoui sur cet article? Quoi qu'il en soit,
je vous demande grâce pour cet endroit comme
pour celui de l'Orateur qui croyait avoir converti
le Prince, et pour le rabaissement des coiffures;
car ceux qui n'ont pas aimé la réponse enjouée
du Prince, ont bien la mine d'avoir fait main
basse sur ces deux endroits-là. — Vous l'avez
deviné, lui dis-je. Mais d'un autre côté, ceux qui
n'aiment que les choses plaisantes n'ont pu
souffrir les réflexions Chrétiennes de la Prin-
cesse, qui dit que c'est Dieu qui la veut éprouver.
Ils prétendent que c'est un sermon hors de pro-
pos. — Hors de propos? reprit l'autre; non
seulement ces réflexions conviennent au sujet,
mais elles y sont absolument nécessaires. Vous
aviez besoin de rendre croyable la Patience de
votre Héroïne; et quel autre moyen aviez-vous
que de lui faire regarder les mauvais traitements
de son Époux comme venant de la main de
Dieu? Sans cela, on la prendrait pour la plus
stupide de toutes les femmes, ce qui ne ferait pas
assurément un bon effet. — On blâme encore,
leur dis-je, l'Épisode du jeune Seigneur qui

*épouse la jeune Princesse. — On a tort, reprit-il;
comme votre Ouvrage est un véritable Poème,
quoique vous lui donniez le titre de Nouvelle, il
faut qu'il n'y ait rien à désirer quand il finit.
Cependant si la jeune Princesse s'en retournait
dans son Convent sans être mariée après s'y être
attendue, elle ne serait point contente ni ceux
qui liraient la Nouvelle. » Ensuite de cette confé-
rence, j'ai pris le parti de laisser mon Ouvrage tel
à peu près qu'il a été lu dans l'Académie. En un
mot, j'ai eu soin de corriger les choses qu'on m'a
fait voir être mauvaises en elles-mêmes; mais à
l'égard de celles que j'ai trouvées n'avoir point
d'autre défaut que de n'être pas au goût de
quelques personnes peut-être un peu trop déli-
cates, j'ai cru n'y devoir pas toucher.*

Est-ce une raison décisive
D'ôter un bon mets d'un repas,
Parce qu'il s'y trouve un Convive
Qui par malheur ne l'aime pas?
Il faut que tout le monde vive,
Et que les mets, pour plaire à tous,
Soient différents comme les goûts.

*Quoi qu'il en soit, j'ai cru devoir m'en remettre
au Public qui juge toujours bien. J'apprendrai de
lui ce que j'en dois croire, et je suivrai exactement tous ses avis, s'il m'arrive jamais de faire
une seconde édition de cet Ouvrage.*

PEAU D'ÂNE

Conte

A MADAME LA MARQUISE DE L***

Il est des gens de qui l'esprit guindé,
   Sous un front jamais déridé,
   Ne souffre, n'approuve et n'estime
   Que le pompeux et le sublime;
   Pour moi, j'ose poser en fait
Qu'en de certains moments l'esprit le plus parfait
Peut aimer sans rougir jusqu'aux Marionnettes;
   Et qu'il est des temps et des lieux
   Où le grave et le sérieux
  Ne valent pas d'agréables sornettes.
   Pourquoi faut-il s'émerveiller
   Que la Raison la mieux sensée,
   Lasse souvent de trop veiller,
   Par des contes d'Ogre et de Fée
   Ingénieusement bercée,
   Prenne plaisir à sommeiller?

   Sans craindre donc qu'on me condamne
   De mal employer mon loisir,
Je vais, pour contenter votre juste désir,
Vous conter tout au long l'histoire de Peau d'Ane.
   Il était une fois un Roi,
   Le plus grand qui fût sur la Terre,

Aimable en Paix, terrible en Guerre,
Seul enfin comparable à soi :
Ses voisins le craignaient, ses États étaient
[calmes,
Et l'on voyait de toutes parts
Fleurir, à l'ombre de ses palmes,
Et les Vertus et les beaux Arts.
Son aimable Moitié, sa Compagne fidèle,
Était si charmante et si belle,
Avait l'esprit si commode et si doux
Qu'il était encor avec elle
Moins heureux Roi qu'heureux époux.
De leur tendre et chaste Hyménée
Plein de douceur et d'agrément,
Avec tant de vertus une fille était née
Qu'ils se consolaient aisément
De n'avoir pas de plus ample lignée.

Dans son vaste et riche Palais
Ce n'était que magnificence ;
Partout y fourmillait une vive abondance
De Courtisans et de Valets ;
Il avait dans son Écurie
Grands et petits chevaux de toutes les façons ;
Couverts de beaux caparaçons,
Roides d'or et de broderie ;
Mais ce qui surprenait tout le monde en entrant,
C'est qu'au lieu le plus apparent,
Un maître Ane étalait ses deux grandes oreilles.
Cette injustice vous surprend,
Mais lorsque vous saurez ses vertus non pareilles,
Vous ne trouverez pas que l'honneur fût trop
[grand.

Tel et si net le forma la Nature
   Qu'il ne faisait jamais d'ordure,
   Mais bien beaux Écus au soleil
   Et Louis de toute manière,
Qu'on allait recueillir sur la blonde litière
   Tous les matins à son réveil.

   Or le Ciel qui parfois se lasse
   De rendre les hommes contents,
Qui toujours à ses biens mêle quelque disgrâce,
   Ainsi que la pluie au beau temps,
   Permit qu'une âpre maladie
Tout à coup de la Reine attaquât les beaux jours.
   Partout on cherche du secours ;
Mais ni la Faculté qui le Grec étudie,
   Ni les Charlatans ayant cours,
Ne purent tous ensemble arrêter l'incendie
Que la fièvre allumait en s'augmentant toujours.

   Arrivée à sa dernière heure
   Elle dit au Roi son Époux :
   « Trouvez bon qu'avant que je meure
   J'exige une chose de vous ;
   C'est que s'il vous prenait envie
De vous remarier quand je n'y serai plus...
   — Ah ! dit le Roi, ces soins sont superflus,
   Je n'y songerai de ma vie,
   Soyez en repos là-dessus.
   — Je le crois bien, reprit la Reine,
Si j'en prends à témoin votre amour véhément ;
   Mais pour m'en rendre plus certaine,
   Je veux avoir votre serment,

Adouci toutefois par ce tempérament
Que si vous rencontrez une femme plus belle,
 Mieux faite et plus sage que moi,
Vous pourrez franchement lui donner votre foi
 Et vous marier avec elle. »
 Sa confiance en ses attraits
Lui faisait regarder une telle promesse
 Comme un serment, surpris avec adresse,
 De ne se marier jamais.
Le Prince jura donc, les yeux baignés de larmes,
 Tout ce que la Reine voulut ;
 La Reine entre ses bras mourut,
Et jamais un Mari ne fit tant de vacarmes.
A l'ouïr sangloter et les nuits et les jours,
On jugea que son deuil ne lui durerait guère,
 Et qu'il pleurait ses défuntes Amours
Comme un homme pressé qui veut sortir d'affaire.

On ne se trompa point. Au bout de quelques mois
Il voulut procéder à faire un nouveau choix ;
 Mais ce n'était pas chose aisée,
 Il fallait garder son serment
 Et que la nouvelle Épousée
 Eût plus d'attraits et d'agrément
Que celle qu'on venait de mettre au monument.

 Ni la Cour en beautés fertile,
 Ni la Campagne, ni la Ville,
 Ni les Royaumes d'alentour
 Dont on alla faire le tour,
 N'en purent fournir une telle ;
 L'Infante seule était plus belle

Et possédait certains tendres appas
   Que la défunte n'avait pas.
   Le Roi le remarqua lui-même
   Et brûlant d'un amour extrême,
   Alla follement s'aviser
Que par cette raison il devait l'épouser.
   Il trouva même un Casuiste
Qui jugea que le cas se pouvait proposer.
   Mais la jeune Princesse triste
   D'ouïr parler d'un tel amour,
Se lamentait et pleurait nuit et jour.

   De mille chagrins l'âme pleine,
   Elle alla trouver sa Marraine,
   Loin, dans une grotte à l'écart
De Nacre et de Corail richement étoffée.
   C'était une admirable Fée
   Qui n'eut jamais de pareille en son Art.
   Il n'est pas besoin qu'on vous die
Ce qu'était une Fée en ces bienheureux temps ;
   Car je suis sûr que votre Mie
   Vous l'aura dit dès vos plus jeunes ans.

   « Je sais, dit-elle, en voyant la Princesse,
   Ce qui vous fait venir ici,
Je sais de votre cœur la profonde tristesse ;
   Mais avec moi n'ayez plus de souci.
   Il n'est rien qui vous puisse nuire
Pourvu qu'à mes conseils vous vous laissiez
                     [conduire.
Votre Père, il est vrai, voudrait vous épouser ;
   Écouter sa folle demande

Serait une faute bien grande,
Mais sans le contredire on le peut refuser.

Dites-lui qu'il faut qu'il vous donne
Pour rendre vos désirs contents,
Avant qu'à son amour votre cœur s'abandonne,
Une Robe qui soit de la couleur du Temps.
Malgré tout son pouvoir et toute sa richesse,
Quoique le Ciel en tout favorise ses vœux,
Il ne pourra jamais accomplir sa promesse. »
Aussitôt la jeune Princesse
L'alla dire en tremblant à son Père amoureux
Qui dans le moment fit entendre
Aux Tailleurs les plus importants
Que s'ils ne lui faisaient, sans trop le faire
[attendre,
Une Robe qui fût de la couleur du Temps,
Ils pouvaient s'assurer qu'il les ferait tous pendre.

Le second jour ne luisait pas encor
Qu'on apporta la Robe désirée ;
Le plus beau bleu de l'Empyrée
N'est pas, lorsqu'il est ceint de gros nuages d'or,
D'une couleur plus azurée.
De joie et de douleur l'Infante pénétrée
Ne sait que dire ni comment
Se dérober à son engagement.
« Princesse, demandez-en une,
Lui dit sa Marraine tout bas,
Qui plus brillante et moins commune,
Soit de la couleur de la Lune.
Il ne vous la donnera pas. »

A peine la Princesse en eut fait la demande
    Que le Roi dit à son Brodeur :
« Que l'astre de la Nuit n'ait pas plus de splendeur
Et que dans quatre jours sans faute on me la
                                   [rende. »

Le riche habillement fut fait au jour marqué,
   Tel que le Roi s'en était expliqué.
Dans les Cieux où la Nuit a déployé ses voiles,
La Lune est moins pompeuse en sa robe d'argent
Lors même qu'au milieu de son cours diligent
Sa plus vive clarté fait pâlir les étoiles.

La Princesse admirant ce merveilleux habit,
Était à consentir presque délibérée ;
    Mais par sa Marraine inspirée,
    Au Prince amoureux elle dit :
     « Je ne saurais être contente
Que je n'aie une Robe encore plus brillante
    Et de la couleur du Soleil. »
Le Prince qui l'aimait d'un amour sans pareil,
Fit venir aussitôt un riche Lapidaire
    Et lui commanda de la faire
D'un superbe tissu d'or et de diamants,
Disant que s'il manquait à le bien satisfaire,
Il le ferait mourir au milieu des tourments.

Le Prince fut exempt de s'en donner la peine,
    Car l'ouvrier industrieux,
    Avant la fin de la semaine,
  Fit apporter l'ouvrage précieux,
    Si beau, si vif, si radieux,

Que le blond Amant de Clymène,
  Lorsque sur la voûte des Cieux
  Dans son char d'or il se promène,
D'un plus brillant éclat n'éblouit pas les yeux.

L'Infante que ces dons achèvent de confondre,
A son Père, à son Roi ne sait plus que répondre.
Sa Marraine aussitôt la prenant par la main :
  « Il ne faut pas, lui dit-elle à l'oreille,
  Demeurer en si beau chemin ;
  Est-ce une si grande merveille
  Que tous ces dons que vous en recevez,
  Tant qu'il aura l'Ane que vous savez,
  Qui d'écus d'or sans cesse emplit sa bourse ?
Demandez-lui la peau de ce rare Animal.
  Comme il est toute sa ressource,
Vous ne l'obtiendrez pas, ou je raisonne mal. »
  Cette Fée était bien savante,
  Et cependant elle ignorait encor
Que l'amour violent pourvu qu'on le contente,
  Compte pour rien l'argent et l'or ;
La peau fut galamment aussitôt accordée
  Que l'Infante l'eut demandée.

  Cette Peau quand on l'apporta
  Terriblement l'épouvanta
Et la fit de son sort amèrement se plaindre.
Sa Marraine survint et lui représenta
Que quand on fait le bien on ne doit jamais
                                        [craindre ;
  Qu'il faut laisser penser au Roi
  Qu'elle est tout à fait disposée

A subir avec lui la conjugale Loi,
Mais qu'au même moment, seule et bien déguisée,
Il faut qu'elle s'en aille en quelque État lointain
Pour éviter un mal si proche et si certain.

« Voici, poursuivit-elle, une grande cassette
    Où nous mettrons tous vos habits,
    Votre miroir, votre toilette,
    Vos diamants et vos rubis.
    Je vous donne encor ma Baguette;
    En la tenant en votre main,
La cassette suivra votre même chemin
    Toujours sous la Terre cachée;
    Et lorsque vous voudrez l'ouvrir,
A peine mon bâton la Terre aura touchée
Qu'aussitôt à vos yeux elle viendra s'offrir.

    Pour vous rendre méconnaissable,
La dépouille de l'Ane est un masque admirable.
    Cachez-vous bien dans cette peau,
On ne croira jamais, tant elle est effroyable,
    Qu'elle renferme rien de beau.
    La Princesse ainsi travestie
De chez la sage Fée à peine fut sortie,
    Pendant la fraîcheur du matin,
    Que le Prince qui pour la Fête
    De son heureux Hymen s'apprête,
Apprend tout effrayé son funeste destin.
Il n'est point de maison, de chemin, d'avenue,
    Qu'on ne parcoure promptement;
    Mais on s'agite vainement,
On ne peut deviner ce qu'elle est devenue.

Partout se répandit un triste et noir chagrin ;
    Plus de Noces, plus de Festin,
    Plus de Tarte, plus de Dragées ;
Les Dames de la Cour, toutes découragées,
    N'en dînèrent point la plupart ;
Mais du Curé surtout la tristesse fut grande,
    Car il en déjeuna fort tard,
    Et qui pis est n'eut point d'offrande.

L'Infante cependant poursuivait son chemin,
Le visage couvert d'une vilaine crasse ;
    A tous Passants elle tendait la main,
Et tâchait pour servir de trouver une place.
Mais les moins délicats et les plus malheureux
La voyant si maussade et si pleine d'ordure,
Ne voulaient écouter ni retirer chez eux
    Une si sale créature.

Elle alla donc bien loin, bien loin, encor plus loin ;
Enfin elle arriva dans une Métairie
    Où la Fermière avait besoin
    D'une souillon, dont l'industrie
Allât jusqu'à savoir bien laver des torchons
    Et nettoyer l'auge aux Cochons.
On la mit dans un coin au fond de la cuisine
    Où les Valets, insolente vermine,
    Ne faisaient que la tirailler,
    La contredire et la railler ;
    Ils ne savaient quelle pièce lui faire,
    La harcelant à tout propos ;
    Elle était la butte ordinaire
De tous leurs quolibets et de tous leurs bons mots.

Elle avait le Dimanche un peu plus de repos;
Car, ayant du matin fait sa petite affaire,
Elle entrait dans sa chambre et tenant son huis
                                                    [clos,
Elle se décrassait, puis ouvrait sa cassette,
    Mettait proprement sa toilette,
    Rangeait dessus ses petits pots.
Devant son grand miroir, contente et satisfaite,
De la Lune tantôt la robe elle mettait,
Tantôt celle où le feu du Soleil éclatait,
    Tantôt la belle robe bleue
Que tout l'azur des Cieux ne saurait égaler,
Avec ce chagrin seul que leur traînante queue
Sur le plancher trop court ne pouvait s'étaler.
Elle aimait à se voir jeune, vermeille et blanche
Et plus brave cent fois que nulle autre n'était;
    Ce doux plaisir la sustentait
   Et la menait jusqu'à l'autre Dimanche.

    J'oubliais à dire en passant
    Qu'en cette grande Métairie
    D'un Roi magnifique et puissant
    Se faisait la Ménagerie,
    Que là, Poules de Barbarie,
    Râles, Pintades, Cormorans,
    Oisons musqués, Canes Petières,
Et mille autres oiseaux de bizarres manières,
    Entre eux presque tous différents,
Remplissaient à l'envi dix cours toutes entières.

    Le fils du Roi dans ce charmant séjour
    Venait souvent au retour de la Chasse

Se reposer, boire à la glace
Avec les Seigneurs de sa Cour.
Tel ne fut point le beau Céphale :
Son air était Royal, sa mine martiale,
Propre à faire trembler les plus fiers bataillons.
Peau d'Ane de fort loin le vit avec tendresse,
Et reconnut par cette hardiesse
Que sous sa crasse et ses haillons
Elle gardait encor le cœur d'une Princesse.

« Qu'il a l'air grand, quoiqu'il l'ait négligé,
Qu'il est aimable, disait-elle,
Et que bienheureuse est la belle
A qui son cœur est engagé !
D'une robe de rien s'il m'avait honorée,
Je m'en trouverais plus parée
Que de toutes celles que j'ai. »

Un jour le jeune Prince errant à l'aventure
De basse-cour en basse-cour,
Passa dans une allée obscure
Où de Peau d'Ane était l'humble séjour.
Par hasard il mit l'œil au trou de la serrure.
Comme il était fête ce jour,
Elle avait pris une riche parure
Et ses superbes vêtements
Qui, tissus de fin or et de gros diamants,
Égalaient du Soleil la clarté la plus pure.
Le Prince au gré de son désir
La contemple et ne peut qu'à peine,
En la voyant, reprendre haleine,
Tant il est comblé de plaisir.

Quels que soient les habits, la beauté du visage,
    Son beau tour, sa vive blancheur,
    Ses traits fins, sa jeune fraîcheur
    Le touchent cent fois davantage;
    Mais un certain air de grandeur,
Plus encore une sage et modeste pudeur,
Des beautés de son âme assuré témoignage,
    S'emparèrent de tout son cœur.

Trois fois, dans la chaleur du feu qui le transporte,
    Il voulut enfoncer la porte;
    Mais croyant voir une Divinité,
Trois fois par le respect son bras fut arrêté.

    Dans le Palais, pensif il se retire,
    Et là, nuit et jour il soupire;
    Il ne veut plus aller au Bal
    Quoiqu'on soit dans le Carnaval.
    Il hait la Chasse, il hait la Comédie,
Il n'a plus d'appétit, tout lui fait mal au cœur,
    Et le fond de sa maladie
    Est une triste et mortelle langueur.

Il s'enquit quelle était cette Nymphe admirable
    Qui demeurait dans une basse-cour,
    Au fond d'une allée effroyable,
    Où l'on ne voit goutte en plein jour.
« C'est, lui dit-on, Peau d'Ane, en rien Nymphe ni
                            [belle
    Et que Peau d'Ane l'on appelle,
A cause de la Peau qu'elle met sur son cou;
    De l'Amour c'est le vrai remède,

La bête en un mot la plus laide,
   Qu'on puisse voir après le Loup. »
On a beau dire, il ne saurait le croire ;
   Les traits que l'amour a tracés
   Toujours présents à sa mémoire
   N'en seront jamais effacés.

   Cependant la Reine sa Mère
Qui n'a que lui d'enfant pleure et se désespère ;
De déclarer son mal elle le presse en vain,
   Il gémit, il pleure, il soupire,
   Il ne dit rien, si ce n'est qu'il désire
Que Peau d'Ane lui fasse un gâteau de sa main ;
Et la Mère ne sait ce que son Fils veut dire.
   « O Ciel ! Madame, lui dit-on,
   Cette Peau d'Ane est une noire Taupe
   Plus vilaine encore et plus gaupe
   Que le plus sale Marmiton.
— N'importe, dit la Reine, il le faut satisfaire
Et c'est à cela seul que nous devons songer. »
Il aurait eu de l'or, tant l'aimait cette Mère,
   S'il en avait voulu manger.

   Peau d'Ane donc prend sa farine
   Qu'elle avait fait bluter exprès
   Pour rendre sa pâte plus fine,
   Son sel, son beurre et ses œufs frais ;
   Et pour bien faire sa galette,
   S'enferme seule en sa chambrette.

   D'abord elle se décrassa
   Les mains, les bras et le visage,

Et prit un corps d'argent que vite elle laça
    Pour dignement faire l'ouvrage
    Qu'aussitôt elle commença.
On dit qu'en travaillant un peu trop à la hâte,
De son doigt par hasard il tomba dans la pâte
    Un de ses anneaux de grand prix;
Mais ceux qu'on tient savoir la fin de cette histoire
Assurent que par elle exprès il y fut mis;
Et pour moi franchement je l'oserais bien croire,
Fort sûr que, quand le Prince à sa porte aborda
    Et par le trou la regarda,
    Elle s'en était aperçue :
    Sur ce point la femme est si drue
    Et son œil va si promptement
    Qu'on ne peut la voir un moment
    Qu'elle ne sache qu'on l'a vue.
Je suis bien sûr encor, et j'en ferais serment,
Qu'elle ne douta point que de son jeune Amant
    La Bague ne fût bien reçue.

On ne pétrit jamais un si friand morceau,
Et le Prince trouva la galette si bonne
Qu'il ne s'en fallut rien que d'une faim gloutonne
    Il n'avalât aussi l'anneau.
  Quand il en vit l'émeraude admirable,
    Et du jonc d'or le cercle étroit,
    Qui marquait la forme du doigt,
Son cœur en fut touché d'une joie incroyable;
    Sous son chevet il le mit à l'instant,
    Et son mal toujours augmentant,
    Les Médecins sages d'expérience,
    En le voyant maigrir de jour en jour,

Jugèrent tous, par leur grande science,
   Qu'il était malade d'amour.

Comme l'Hymen, quelque mal qu'on en die,
Est un remède exquis pour cette maladie,
   On conclut à le marier ;
   Il s'en fit quelque temps prier,
Puis dit : « Je le veux bien, pourvu que l'on me
                     [donne
   En mariage la personne
   Pour qui cet anneau sera bon. »
   A cette bizarre demande,
De la Reine et du Roi la surprise fut grande ;
Mais il était si mal qu'on n'osa dire non.

   Voilà donc qu'on se met en quête
De celle que l'anneau, sans nul égard du sang,
   Doit placer dans un si haut rang ;
   Il n'en est point qui ne s'apprête
   A venir présenter son doigt
   Ni qui veuille céder son droit.

Le bruit ayant couru que pour prétendre au
                    [Prince,
   Il faut avoir le doigt bien mince,
   Tout Charlatan, pour être bienvenu,
Dit qu'il a le secret de le rendre menu ;
   L'une, en suivant son bizarre caprice,
   Comme une rave le ratisse ;
   L'autre en coupe un petit morceau ;
Une autre en le pressant croit qu'elle l'apetisse ;
   Et l'autre, avec de certaine eau,

Pour le rendre moins gros en fait tomber la peau ;
    Il n'est enfin point de manœuvre
    Qu'une Dame ne mette en œuvre,
Pour faire que son doigt cadre bien à l'anneau.

L'essai fut commencé par les jeunes Princesses,
    Les Marquises et les Duchesses ;
    Mais leurs doigts quoique délicats,
    Étaient trop gros et n'entraient pas.
    Les Comtesses, et les Baronnes,
    Et toutes les nobles Personnes,
Comme elles tour à tour présentèrent leur main
    Et la présentèrent en vain.

    Ensuite vinrent les Grisettes
    Dont les jolis et menus doigts,
    Car il en est de très bien faites,
Semblèrent à l'anneau s'ajuster quelquefois.
Mais la Bague toujours trop petite ou trop ronde
D'un dédain presque égal rebutait tout le monde.

    Il fallut en venir enfin
    Aux Servantes, aux Cuisinières,
    Aux Tortillons, aux Dindonnières,
    En un mot à tout le fretin,
    Dont les rouges et noires pattes,
    Non moins que les mains délicates,
    Espéraient un heureux destin.
    Il s'y présenta mainte fille
    Dont le doigt, gros et ramassé,
Dans la Bague du Prince eût aussi peu passé
    Qu'un câble au travers d'une aiguille.

On crut enfin que c'était fait,
    Car il ne restait en effet,
Que la pauvre Peau d'Ane au fond de la cuisine.
    Mais comment croire, disait-on,
    Qu'à régner le Ciel la destine!
    Le Prince dit : « Et pourquoi non?
Qu'on la fasse venir. » Chacun se prit à rire,
    Criant tout haut : « Que veut-on dire,
De faire entrer ici cette sale guenon? »
Mais lorsqu'elle tira de dessous sa peau noire
Une petite main qui semblait de l'ivoire
    Qu'un peu de pourpre a coloré,
    Et que de la Bague fatale,
    D'une justesse sans égale
    Son petit doigt fut entouré,
    La Cour fut dans une surprise
    Qui ne peut pas être comprise.

On la menait au Roi dans ce transport subit;
Mais elle demanda qu'avant que de paraître
    Devant son Seigneur et son Maître,
On lui donnât le temps de prendre un autre habit.
    De cet habit, pour la vérité dire,
    De tous côtés on s'apprêtait à rire;
Mais lorsqu'elle arriva dans les Appartements,
    Et qu'elle eut traversé les salles
    Avec ses pompeux vêtements
Dont les riches beautés n'eurent jamais d'égales;
    Que ses aimables cheveux blonds
Mêlés de diamants dont la vive lumière
    En faisait autant de rayons,
    Que ses yeux bleus, grands, doux et longs,

Qui pleins d'une Majesté fière
Ne regardent jamais sans plaire et sans blesser,
Et que sa taille enfin si menue et si fine
Qu'avecque ses deux mains on eût pu l'embrasser,
Montrèrent leurs appas et leur grâce divine,
Des Dames de la Cour, et de leurs ornements
Tombèrent tous les agréments.

Dans la joie et le bruit de toute l'Assemblée,
Le bon Roi ne se sentait pas
De voir sa Bru posséder tant d'appas;
La Reine en était affolée,
Et le Prince son cher Amant,
De cent plaisirs l'âme comblée,
Succombait sous le poids de son ravissement.
Pour l'Hymen aussitôt chacun prit ses mesures;
Le Monarque en pria tous les Rois d'alentour,
Qui, tous brillants de diverses parures,
Quittèrent leurs États pour être à ce grand jour.
On en vit arriver des climats de l'Aurore,
Montés sur de grands Éléphants;
Il en vint du rivage More,
Qui, plus noirs et plus laids encore,
Faisaient peur aux petits enfants;
Enfin de tous les coins du Monde,
Il en débarque et la Cour en abonde.

Mais nul Prince, nul Potentat,
N'y parut avec tant d'éclat
Que le Père de l'Épousée,
Qui d'elle autrefois amoureux
Avait avec le temps purifié les feux

Dont son âme était embrasée.
Il en avait banni tout désir criminel
        Et de cette odieuse flamme
        Le peu qui restait dans son âme
N'en rendait que plus vif son amour paternel.
        Dès qu'il la vit : « Que béni soit le Ciel
        Qui veut bien que je te revoie,
Ma chère enfant », dit-il, et tout pleurant de joie,
        Courut tendrement l'embrasser ;
Chacun à son bonheur voulut s'intéresser,
Et le futur Époux était ravi d'apprendre
Que d'un Roi si puissant il devenait le Gendre.

        Dans ce moment la Marraine arriva
        Qui raconta toute l'histoire,
        Et par son récit acheva
        De combler Peau d'Ane de gloire.
        Il n'est pas malaisé de voir
Que le but de ce Conte est qu'un Enfant apprenne
Qu'il vaut mieux s'exposer à la plus rude peine
        Que de manquer à son devoir ;

        Que la Vertu peut être infortunée
        Mais qu'elle est toujours couronnée ;

Que contre un fol amour et ses fougueux
                                [transports
La Raison la plus forte est une faible digue,
        Et qu'il n'est point de si riches trésors
        Dont un Amant ne soit prodigue ;

Que de l'eau claire et du pain bis
Suffisent pour la nourriture
De toute jeune Créature,
Pourvu qu'elle ait de beaux habits;
Que sous le Ciel il n'est point de femelle
Qui ne s'imagine être belle,
Et qui souvent ne s'imagine encor
Que si des trois Beautés la fameuse querelle
S'était démêlée avec elle,
Elle aurait eu la pomme d'or.

Le Conte de Peau d'Ane est difficile à croire,
Mais tant que dans le Monde on aura des Enfants,
Des Mères et des Mères-grands,
On en gardera la mémoire.

LES
SOUHAITS RIDICULES

Conte

A MADEMOISELLE DE LA C***

Si vous étiez moins raisonnable,
Je me garderais bien de venir vous conter
    La folle et peu galante fable
    Que je m'en vais vous débiter.
Une aune de Boudin en fournit la matière.
    « Une aune de Boudin, ma chère !
    Quelle pitié ! c'est une horreur »,
    S'écriait une Précieuse,
    Qui toujours tendre et sérieuse
Ne veut ouïr parler que d'affaires de cœur.
    Mais vous qui mieux qu'Ame qui vive
    Savez charmer en racontant,
Et dont l'expression est toujours si naïve,
    Que l'on croit voir ce qu'on entend ;
    Qui savez que c'est la manière
    Dont quelque chose est inventé,
    Qui beaucoup plus que la matière
    De tout Récit fait la beauté,
Vous aimerez ma fable et sa moralité ;
J'en ai, j'ose le dire, une assurance entière.

Il était une fois un pauvre Bûcheron
    Qui las de sa pénible vie,

Avait, disait-il, grande envie
De s'aller reposer aux bords de l'Achéron :
Représentant, dans sa douleur profonde,
Que depuis qu'il était au monde,
Le Ciel cruel n'avait jamais
Voulu remplir un seul de ses souhaits.

Un jour que, dans le Bois, il se mit à se plaindre,
A lui, la foudre en main, Jupiter s'apparut.
On aurait peine à bien dépeindre
La peur que le bonhomme en eut.
« Je ne veux rien, dit-il, en se jetant par terre,
Point de souhaits, point de Tonnerre,
Seigneur, demeurons but à but.
— Cesse d'avoir aucune crainte ;
Je viens, dit Jupiter, touché de ta complainte,
Te faire voir le tort que tu me fais.
Écoute donc. Je te promets,
Moi qui du monde entier suis le souverain maître,
D'exaucer pleinement les trois premiers souhaits
Que tu voudras former sur quoi que ce puisse être.
Vois ce qui peut te rendre heureux,
Vois ce qui peut te satisfaire ;
Et comme ton bonheur dépend tout de tes vœux,
Songes-y bien avant que de les faire. »

A ces mots Jupiter dans les Cieux remonta,
Et le gai Bûcheron, embrassant sa falourde,
Pour retourner chez lui sur son dos la jeta.
Cette charge jamais ne lui parut moins lourde.
« Il ne faut pas, disait-il en trottant,
Dans tout ceci, rien faire à la légère ;

Il faut, le cas est important,
En prendre avis de notre ménagère.
Çà, dit-il, en entrant sous son toit de fougère,
Faisons, Fanchon, grand feu, grand chère,
Nous sommes riches à jamais,
Et nous n'avons qu'à faire des souhaits. »
Là-dessus tout au long le fait il lui raconte.
A ce récit, l'Épouse vive et prompte
Forma dans son esprit mille vastes projets;
Mais considérant l'importance
De s'y conduire avec prudence :
« Blaise, mon cher ami, dit-elle à son époux,
Ne gâtons rien par notre impatience;
Examinons bien entre nous
Ce qu'il faut faire en pareille occurrence;
Remettons à demain notre premier souhait
Et consultons notre chevet.
— Je l'entends bien ainsi, dit le bonhomme
[Blaise;
Mais va tirer du vin derrière ces fagots. »
A son retour il but, et goûtant à son aise
Près d'un grand feu la douceur du repos,
Il dit, en s'appuyant sur le dos de sa chaise :
« Pendant que nous avons une si bonne braise,
Qu'une aune de Boudin viendrait bien à propos! »
A peine acheva-t-il de prononcer ces mots,
Que sa femme aperçut, grandement étonnée,
Un Boudin fort long, qui partant
D'un des coins de la cheminée,
S'approchait d'elle en serpentant.
Elle fit un cri dans l'instant;
Mais jugeant que cette aventure

Avait pour cause le souhait
Que par bêtise toute pure
Son homme imprudent avait fait,
Il n'est point de pouille et d'injure
Que de dépit et de courroux
Elle ne dît au pauvre époux.
« Quand on peut, disait-elle, obtenir un Empire,
De l'or, des perles, des rubis,
Des diamants, de beaux habits,
Est-ce alors du Boudin qu'il faut que l'on désire ?
— Eh bien, j'ai tort, dit-il, j'ai mal placé mon
[choix,
J'ai commis une faute énorme,
Je ferai mieux une autre fois.
— Bon, bon, dit-elle, attendez-moi sous l'orme,
Pour faire un tel souhait, il faut être bien bœuf ! »
L'époux plus d'une fois, emporté de colère,
Pensa faire tout bas le souhait d'être veuf,
Et peut-être, entre nous, ne pouvait-il mieux
[faire :
« Les hommes, disait-il, pour souffrir sont bien
[nés !
Peste soit du Boudin et du Boudin encore ;
Plût à Dieu, maudite Pécore,
Qu'il te pendît au bout du nez ! »

La prière aussitôt du Ciel fut écoutée,
Et dès que le Mari la parole lâcha,
Au nez de l'épouse irritée
L'aune de Boudin s'attacha.
Ce prodige imprévu grandement le fâcha.
Fanchon était jolie, elle avait bonne grâce,

Et pour dire sans fard la vérité du fait,
   Cet ornement en cette place
   Ne faisait pas un bon effet;
Si ce n'est qu'en pendant sur le bas du visage,
  Il l'empêchait de parler aisément,
  Pour un époux merveilleux avantage,
Et si grand qu'il pensa dans cet heureux moment
   Ne souhaiter rien davantage.

  « Je pourrais bien, disait-il à part soi,
   Après un malheur si funeste,
   Avec le souhait qui me reste,
   Tout d'un plein saut me faire Roi.
Rien n'égale, il est vrai, la grandeur souveraine;
   Mais encore faut-il songer
   Comment serait faite la Reine,
Et dans quelle douleur ce serait la plonger
   De l'aller placer sur un trône
   Avec un nez plus long qu'une aune.
   Il faut l'écouter sur cela,
  Et qu'elle-même elle soit la maîtresse
  De devenir une grande Princesse
  En conservant l'horrible nez qu'elle a,
   Ou de demeurer Bûcheronne
  Avec un nez comme une autre personne,
Et tel qu'elle l'avait avant ce malheur-là. »

   La chose bien examinée,
Quoiqu'elle sût d'un sceptre et la force et l'effet,
   Et que, quand on est couronnée,
   On a toujours le nez bien fait;
Comme au désir de plaire il n'est rien qui ne cède,

Elle aima mieux garder son Bavolet
Que d'être Reine et d'être laide.

Ainsi le Bûcheron ne changea point d'état,
Ne devint point grand Potentat,
D'écus' ne remplit point sa bourse,
Trop heureux d'employer le souhait qui restait,
Faible bonheur, pauvre ressource,
A remettre sa femme en l'état qu'elle était.

Bien est donc vrai qu'aux hommes misérables,
Aveugles, imprudents, inquiets, variables,
Pas n'appartient de faire des souhaits,
Et que peu d'entre eux sont capables
De bien user des dons que le Ciel leur a faits.

Histoires
    ou
  Contes
du temps passé

avec des Moralités

A
MADEMOISELLE

MADEMOISELLE,

   On ne trouvera pas étrange qu'un Enfant ait pris plaisir à composer les Contes de ce Recueil, mais on s'étonnera qu'il ait eu la hardiesse de vous les présenter. Cependant, MADEMOISELLE, quelque disproportion qu'il y ait entre la simplicité de ces Récits, et les lumières de votre esprit, si on examine bien ces Contes, on verra que je ne suis pas aussi blâmable que je le parais d'abord. Ils renferment tous une Morale très sensée, et qui se découvre plus ou moins, selon le degré de pénétration de ceux qui les lisent; d'ailleurs comme rien ne marque tant la vaste étendue d'un esprit, que de pouvoir s'élever en même temps aux plus grandes choses, et s'abaisser aux plus petites, on ne sera point surpris que la même Princesse, à qui la Nature et l'éducation ont rendu familier ce qu'il y a de plus élevé, ne dédaigne pas de prendre plaisir à de semblables bagatelles. Il est vrai que ces Contes donnent une image de ce qui se passe dans les

*moindres Familles, où la louable impatience
d'instruire les enfants fait imaginer des Histoires dépourvues de raison, pour s'accommoder à ces mêmes enfants qui n'en ont pas
encore; mais à qui convient-il mieux de
connaître comment vivent les Peuples, qu'aux
Personnes que le Ciel destine à les conduire?
Le désir de cette connaissance a poussé des
Héros, et même des Héros de votre Race,
jusque dans des huttes et des cabanes, pour y
voir de près et par eux-mêmes ce qui s'y passait
de plus particulier: cette connaissance leur
ayant paru nécessaire pour leur parfaite ins-
truction. Quoi qu'il en soit,* MADEMOI-
SELLE,

Pouvais-je mieux choisir pour rendre
                              [vraisemblable
    Ce que la Fable a d'incroyable?
    Et jamais Fée au temps jadis
    Fit-elle à jeune Créature,
    Plus de dons, et de dons exquis,
    Que vous en a fait la Nature?

Je suis avec un très profond respect,
    MADEMOISELLE,

            De Votre Altesse Royale,

                    Le très humble et
                très obéissant serviteur,
                    P. DARMANCOUR.

LA BELLE
AU BOIS DORMANT

Conte

Il était une fois un Roi et une Reine, qui étaient si fâchés de n'avoir point d'enfants, si fâchés qu'on ne saurait dire. Ils allèrent à toutes les eaux du monde; vœux, pèlerinages, menues dévotions, tout fut mis en œuvre, et rien n'y faisait. Enfin pourtant la Reine devint grosse, et accoucha d'une fille : on fit un beau Baptême; on donna pour Marraines à la petite Princesse toutes les Fées qu'on pût trouver dans le Pays (il s'en trouva sept), afin que chacune d'elles lui faisant un don, comme c'était la coutume des Fées en ce temps-là, la Princesse eût par ce moyen toutes les perfections imaginables. Après les cérémonies du Baptême toute la compagnie revint au Palais du Roi, où il y avait un grand festin pour les Fées. On mit devant chacune d'elles un couvert magnifique, avec un étui d'or massif, où il y avait une cuiller, une fourchette, et un couteau de fin or, garni de diamants et de rubis. Mais comme chacun prenait sa place à table, on vit entrer une vieille Fée qu'on n'avait point

priée parce qu'il y avait plus de cinquante
ans qu'elle n'était sortie d'une Tour et qu'on
la croyait morte, ou enchantée. Le Roi lui fit
donner un couvert, mais il n'y eut pas moyen
de lui donner un étui d'or massif, comme
aux autres, parce que l'on n'en avait fait
faire que sept pour les sept Fées. La vieille
crut qu'on la méprisait, et grommela quelques menaces entre ses dents. Une des
jeunes Fées qui se trouva auprès d'elle
l'entendit, et jugeant qu'elle pourrait donner
quelque fâcheux don à la petite Princesse,
alla dès qu'on fut sorti de table se cacher
derrière la tapisserie, afin de parler la dernière, et de pouvoir réparer autant qu'il lui
serait possible le mal que la vieille aurait
fait. Cependant les Fées commencèrent à
faire leurs dons à la Princesse. La plus jeune
lui donna pour don qu'elle serait la lus belle
personne du monde, celle d'après qu'elle
aurait de l'esprit comme un Ange, la troisième qu'elle aurait une grâce admirable à
tout ce qu'elle ferait, la quatrième qu'elle
danserait parfaitement bien, la cinquième
qu'elle chanterait comme un Rossignol, et la
sixième qu'elle jouerait de toutes sortes
d'instruments dans la dernière perfection.
Le rang de la vieille Fée étant venu, elle dit,
en branlant la tête encore plus de dépit que
de vieillesse, que la Princesse se percerait la
main d'un fuseau, et qu'elle en mourrait. Ce
terrible don fit frémir toute la compagnie, et

il n'y eut personne qui ne pleurât. Dans ce moment la jeune Fée sortit de derrière la tapisserie, et dit tout haut ces paroles : « Rassurez-vous, Roi et Reine, votre fille n'en mourra pas ; il est vrai que je n'ai pas assez de puissance pour défaire entièrement ce que mon ancienne a fait. La Princesse se percera la main d'un fuseau ; mais au lieu d'en mourir, elle tombera seulement dans un profond sommeil qui durera cent ans, au bout desquels le fils d'un Roi viendra la réveiller. » Le Roi, pour tâcher d'éviter le malheur annoncé par la vieille, fit publier aussitôt un Édit, par lequel il défendait à toutes personnes de filer au fuseau, ni d'avoir des fuseaux chez soi sur peine de la vie. Au bout de quinze ou seize ans, le Roi et la Reine étant allés à une de leur Maisons de plaisance, il arriva que la jeune Princesse courant un jour dans le Château, et montant de chambre en chambre, alla jusqu'au haut d'un donjon dans un petit galetas, où une bonne Vieille était seule à filer sa quenouille. Cette bonne femme n'avait point ouï parler des défenses que le Roi avait faites de filer au fuseau. « Que faites-vous là, ma bonne femme ? dit la Princesse. — Je file, ma belle enfant, lui répondit la vieille qui ne la connaissait pas. — Ah ! que cela est joli, reprit la Princesse, comment faites-vous ? donnez-moi que je voie si j'en ferais bien autant. » Elle n'eut pas plus tôt pris le

fuseau, que comme elle était fort vive, un
peu étourdie, et que d'ailleurs l'Arrêt des
Fées l'ordonnait ainsi, elle s'en perça la
main, et tomba évanouie. La bonne vieille,
bien embarrassée, crie au secours : on vient
de tous côtés, on jette de l'eau au visage de la
Princesse, on la délace, on lui frappe dans les
mains, on lui frotte les temples avec de l'eau
de la Reine de Hongrie ; mais rien ne la
faisait revenir. Alors le Roi, qui était monté
au bruit, se souvint de la prédiction des Fées,
et jugeant bien qu'il fallait que cela arrivât,
puisque les Fées l'avaient dit, fit mettre la
Princesse dans le plus bel appartement du
Palais, sur un lit en broderie d'or et d'argent.
On eût dit d'un Ange, tant elle était belle ; car
son évanouissement n'avait pas ôté les couleurs vives de son teint : ses joues étaient
incarnates, et ses lèvres comme du corail ;
elle avait seulement les yeux fermés, mais on
l'entendait respirer doucement, ce qui faisait voir qu'elle n'était pas morte. Le Roi
ordonna qu'on la laissât dormir en repos,
jusqu'à ce que son heure de se réveiller fût
venue. La bonne Fée qui lui avait sauvé la
vie, en la condamnant à dormir cent ans,
était dans le Royaume de Mataquin, à douze
mille lieues de là, lorsque l'accident arriva à
la Princesse ; mais elle en fut avertie en un
instant par un petit Nain, qui avait des
bottes de sept lieues (c'était des bottes avec
lesquelles on faisait sept lieues d'une seule

enjambée). La Fée partit aussitôt, et on la vit
au bout d'une heure arriver dans un chariot
tout de feu, traîné par des dragons. Le Roi
lui alla présenter la main à la descente du
chariot. Elle approuva tout ce qu'il avait
fait ; mais comme elle était grandement pré-
voyante, elle pensa que quand la Princesse
viendrait à se réveiller, elle serait bien
embarrassée toute seule dans ce vieux Château : voici ce qu'elle fit. Elle toucha de sa
baguette tout ce qui était dans ce Château
(hors le Roi et la Reine), Gouvernantes,
Filles d'Honneur, Femmes de Chambre,
Gentilshommes, Officiers, Maîtres d'Hôtel,
Cuisiniers, Marmitons, Galopins, Gardes,
Suisses, Pages, Valets de pied ; elle toucha
aussi tous les chevaux qui étaient dans les
Écuries, avec les Palefreniers, les gros
mâtins de basse-cour, et la petite Pouffe,
petite chienne de la Princesse, qui était
auprès d'elle sur son lit. Dès qu'elle les eut
touchés, ils s'endormirent tous, pour ne se
réveiller qu'en même temps que leur Maîtresse, afin d'être tout prêts à la servir quand
elle en aurait besoin ; les broches mêmes qui
étaient au feu toutes pleines de perdrix et de
faisans s'endormirent, et le feu aussi. Tout
cela se fit en un moment ; les Fées n'étaient
pas longues à leur besogne. Alors le Roi et la
Reine, après avoir baisé leur chère enfant
sans qu'elle s'éveillât, sortirent du château,
et firent publier des défenses à qui que ce

soit d'en approcher. Ces défenses n'étaient
pas nécessaires, car il crût dans un quart
d'heure tout autour du parc une si grande
quantité de grands arbres et de petits, de
ronces et d'épines entrelacées les unes dans
les autres, que bête ni homme n'y aurait pu
passer : en sorte qu'on ne voyait plus que le
haut des Tours du Château, encore n'était-ce
que de bien loin. On ne douta point que la
Fée n'eût encore fait là un tour de son
métier, afin que la Princesse, pendant
qu'elle dormirait, n'eût rien à craindre des
Curieux.

Au bout de cent ans, le Fils du Roi qui
régnait alors, et qui était d'une autre famille
que la Princesse endormie, étant allé à la
chasse de ce côté-là, demanda ce que c'était
que des Tours qu'il voyait au-dessus d'un
grand bois fort épais ; chacun lui répondit
selon qu'il en avait ouï parler. Les uns
disaient que c'était un vieux Château où il
revenait des Esprits ; les autres que tous les
Sorciers de la contrée y faisaient leur sab-
bat. La plus commune opinion était qu'un
Ogre y demeurait, et que là il emportait tous
les enfants qu'il pouvait attraper, pour les
pouvoir manger à son aise, et sans qu'on le
pût suivre, ayant seul le pouvoir de se faire
un passage au travers du bois. Le Prince ne
savait qu'en croire, lorsqu'un vieux Paysan
prit la parole, et lui dit : « Mon Prince, il y a
plus de cinquante ans que j'ai ouï dire à mon

père qu'il y avait dans ce Château une Princesse, la plus belle du monde ; qu'elle y
devait dormir cent ans, et qu'elle serait
réveillée par le fils d'un Roi, à qui elle était
réservée. » Le jeune Prince, à ce discours, se
sentit tout de feu ; il crut sans balancer qu'il
mettrait fin à une si belle aventure ; et
poussé par l'amour et par la gloire, il résolut
de voir sur-le-champ ce qui en était. A peine
s'avança-t-il vers le bois, que tous ces grands
arbres, ces ronces et ces épines s'écartèrent
d'elles-mêmes pour le laisser passer : il
marche vers le Château qu'il voyait au bout
d'une grande avenue où il entra, et ce qui le
surprit un peu, il vit que personne de ses
gens ne l'avait pu suivre, parce que les
arbres s'étaient rapprochés dès qu'il avait
été passé. Il ne laissa pas de continuer son
chemin : un Prince jeune et amoureux est
toujours vaillant. Il entra dans une grande
avant-cour où tout ce qu'il vit d'abord était
capable de le glacer de crainte : c'était un
silence affreux, l'image de la mort s'y présentait partout, et ce n'était que des corps
étendus d'hommes et d'animaux, qui paraissaient morts. Il reconnut pourtant bien au
nez bourgeonné et à la face vermeille des
Suisses, qu'ils n'étaient qu'endormis, et
leurs tasses où il y avait encore quelques
gouttes de vin montraient assez qu'ils
s'étaient endormis en buvant. Il passe une
grande cour pavée de marbre, il monte

l'escalier, il entre dans la salle des Gardes qui étaient rangés en haie, la carabine sur l'épaule, et ronflants de leur mieux. Il traverse plusieurs chambres pleines de Gentilshommes et de Dames, dormants tous, les uns debout, les autres assis ; il entre dans une chambre toute dorée, et il vit sur un lit, dont les rideaux étaient ouverts de tous côtés, le plus beau spectacle qu'il eût jamais vu : une Princesse qui paraissait avoir quinze ou seize ans, et dont l'éclat resplendissant avait quelque chose de lumineux et de divin. Il s'approcha en tremblant et en admirant, et se mit à genoux auprès d'elle. Alors comme la fin de l'enchantement était venue, la Princesse s'éveilla ; et le regardant avec des yeux plus tendres qu'une première vue ne semblait le permettre : « Est-ce vous, mon Prince ? lui dit-elle, vous vous êtes bien fait attendre. » Le Prince charmé de ces paroles, et plus encore de la manière dont elles étaient dites, ne savait comment lui témoigner sa joie et sa reconnaissance ; il l'assura qu'il l'aimait plus que lui-même. Ses discours furent mal rangés, ils en plurent davantage ; peu d'éloquence, beaucoup d'amour. Il était plus embarrassé qu'elle, et l'on ne doit pas s'en étonner ; elle avait eu le temps de songer à ce qu'elle aurait à lui dire, car il y a apparence (l'Histoire n'en dit pourtant rien) que la bonne Fée, pendant un si long sommeil, lui avait procuré le plaisir des songes agréables. Enfin il y avait quatre heures qu'ils se parlaient, et ils ne s'étaient pas encore dit la moitié des choses qu'ils avaient à se dire.

Cependant tout le Palais s'était réveillé avec la Princesse; chacun songeait à faire sa charge, et comme ils n'étaient pas tous amoureux, ils mouraient de faim; la Dame d'honneur, pressée comme les autres, s'impatienta, et dit tout haut à la Princesse que la viande était servie. Le Prince aida la Princesse à se lever; elle était tout habillée et fort magnifiquement; mais il se garda bien de lui dire qu'elle était habillée comme ma mère-grand, et qu'elle avait un collet monté; elle n'en était pas moins belle. Ils passèrent dans un Salon de miroirs, et y soupèrent, servis par les Officiers de la Princesse; les Violons et les Hautbois jouèrent de vieilles pièces, mais excellentes, quoiqu'il y eût près de cent ans qu'on ne les jouât plus; et après soupé, sans perdre de temps, le grand Aumônier les maria dans la Chapelle du Château, et la Dame d'honneur leur tira le rideau : ils dormirent peu, la Princesse n'en avait pas grand besoin, et le Prince la quitta dès le matin pour retourner à la Ville, où son Père devait être en peine de lui. Le Prince lui dit qu'en chassant il s'était perdu dans la forêt, et qu'il avait couché dans la hutte d'un Charbonnier, qui lui avait fait manger du pain noir et du fromage. Le Roi son père, qui était

bon homme, le crut, mais sa Mère n'en fut
pas bien persuadée, et voyant qu'il allait
presque tous les jours à la chasse, et qu'il
avait toujours une raison en main pour
s'excuser, quand il avait couché deux ou
trois nuits dehors, elle ne douta plus qu'il
n'eût quelque amourette : car il vécut avec
la Princesse plus de deux ans entiers, et en
eut deux enfants, dont le premier, qui fut
une fille, fut nommée l'Aurore, et le second
un fils, qu'on nomma le Jour, parce qu'il
paraissait encore plus beau que sa sœur. La
Reine dit plusieurs fois à son fils, pour le
faire expliquer, qu'il fallait se contenter
dans la vie, mais il n'osa jamais se fier à elle
de son secret; il la craignait quoiqu'il
l'aimât, car elle était de race Ogresse, et le
Roi ne l'avait épousée qu'à cause de ses
grands biens; on disait même tout bas à la
Cour qu'elle avait les inclinations des Ogres,
et qu'en voyant passer de petits enfants, elle
avait toutes les peines du monde à se retenir
de se jeter sur eux; ainsi le Prince ne voulut
jamais rien dire. Mais quand le Roi fut mort,
ce qui arriva au bout de deux ans, et qu'il se
vit le maître, il déclara publiquement son
Mariage, et alla en grande cérémonie querir
la Reine sa femme dans son Château. On lui
fit une entrée magnifique dans la Ville Capi-
tale, où elle entra au milieu de ses deux
enfants. Quelque temps après, le Roi alla
faire la guerre à l'Empereur Cantalabutte

son voisin. Il laissa la Régence du Royaume
à la Reine sa mère, et lui recommanda fort
sa femme et ses enfants : il devait être à la
guerre tout l'Été, et dès qu'il fut parti, la
Reine-Mère envoya sa Bru et ses enfants à
une maison de campagne dans les bois, pour
pouvoir plus aisément assouvir son horrible
envie. Elle y alla quelques jours après, et dit
un soir à son Maître d'Hôtel : « Je veux
manger demain à mon dîner la petite
Aurore. — Ah! Madame, dit le Maître
d'Hôtel. — Je le veux, dit la Reine (et elle le
dit d'un ton d'Ogresse qui a envie de manger
de la chair fraîche), et je la veux manger à la
Sauce-robert. » Ce pauvre homme voyant
bien qu'il ne fallait pas se jouer à une
Ogresse, prit son grand couteau, et monta à
la chambre de la petite Aurore : elle avait
pour lors quatre ans, et vint en sautant et en
riant se jeter à son col, et lui demander du
bonbon. Il se mit à pleurer, le couteau lui
tomba des mains, et il alla dans la basse-
cour couper la gorge à un petit agneau, et lui
fit une si bonne sauce que sa Maîtresse
l'assura qu'elle n'avait jamais rien mangé de
si bon. Il avait emporté en même temps la
petite Aurore, et l'avait donnée à sa femme
pour la cacher dans le logement qu'elle avait
au fond de la basse-cour. Huit jours après, la
méchante Reine dit à son Maître d'Hôtel :
« Je veux manger à mon souper le petit
Jour. » Il ne répliqua pas, résolu de la trom-

per comme l'autre fois ; il alla chercher le petit Jour, et le trouva avec un petit fleuret à la main, dont il faisait des armes avec un gros Singe ; il n'avait pourtant que trois ans. Il le porta à sa femme qui le cacha avec la petite Aurore, et donna à la place du petit Jour un petit chevreau fort tendre, que l'Ogresse trouva admirablement bon.

Cela était fort bien allé jusque-là ; mais un soir cette méchante Reine dit au Maître d'Hôtel : « Je veux manger la Reine à la même sauce que ses enfants. » Ce fut alors que le pauvre Maître d'Hôtel désespéra de la pouvoir encore tromper. La jeune Reine avait vingt ans passés, sans compter les cent ans qu'elle avait dormi : sa peau était un peu dure, quoique belle et blanche ; et le moyen de trouver dans la Ménagerie une bête aussi dure que cela ? Il prit la résolution, pour sauver sa vie, de couper la gorge à la Reine, et monta dans sa chambre, dans l'intention de n'en pas faire à deux fois ; il s'excitait à la fureur, et entra le poignard à la main dans la chambre de la jeune Reine. Il ne voulut pourtant point la surprendre, et il lui dit avec beaucoup de respect l'ordre qu'il avait reçu de la Reine-Mère. « Faites votre devoir, lui dit-elle, en lui tendant le col ; exécutez l'ordre qu'on vous a donné ; j'irai revoir mes enfants, mes pauvres enfants que j'ai tant aimés » ; car elle les croyait morts depuis qu'on les avait enlevés sans lui rien dire.

« Non, non, Madame, lui répondit le pauvre Maître d'Hôtel tout attendri, vous ne mourrez point, et vous ne laisserez pas d'aller revoir vos chers enfants, mais ce sera chez moi où je les ai cachés, et je tromperai encore la Reine, en lui faisant manger une jeune biche en votre place. » Il la mena aussitôt à sa chambre, où la laissant embrasser ses enfants et pleurer avec eux, il alla accommoder une biche, que la Reine mangea à son soupé, avec le même appétit que si c'eût été la jeune Reine. Elle était bien contente de sa cruauté, et elle se préparait à dire au Roi, à son retour, que les loups enragés avaient mangé la Reine sa femme et ses deux enfants.

Un soir qu'elle rôdait à son ordinaire dans les cours et basses-cours du Château pour y halener quelque viande fraîche, elle entendit dans une salle basse le petit Jour qui pleurait, parce que la Reine sa mère le voulait faire fouetter, à cause qu'il avait été méchant, et elle entendit aussi la petite Aurore qui demandait pardon pour son frère. L'Ogresse reconnut la voix de la Reine et de ses enfants, et furieuse d'avoir été trompée, elle commande dès le lendemain au matin, avec une voix épouvantable qui faisait trembler tout le monde, qu'on apportât au milieu de la cour une grande cuve, qu'elle fit remplir de crapauds, de vipères, de couleuvres et de serpents, pour y faire jeter la Reine et ses enfants, le Maître d'Hôtel, sa femme et sa servante : elle avait donné ordre de les amener les mains liées derrière le dos. Ils étaient là, et les bourreaux se préparaient à les jeter dans la cuve, lorsque le Roi, qu'on n'attendait pas si tôt, entra dans la cour à cheval ; il était venu en poste, et demanda tout étonné ce que voulait dire cet horrible spectacle ; personne n'osait l'en instruire, quand l'Ogresse, enragée de voir ce qu'elle voyait, se jeta elle-même la tête la première dans la cuve, et fut dévorée en un instant par les vilaines bêtes qu'elle y avait fait mettre. Le Roi ne laissa pas d'en être fâché : elle était sa mère ; mais il s'en consola bientôt avec sa belle femme et ses enfants.

MORALITÉ

Attendre quelque temps pour avoir un Époux,
    Riche, bien fait, galant et doux,
    La chose est assez naturelle,
Mais l'attendre cent ans, et toujours en dormant,
    On ne trouve plus de femelle,
    Qui dormît si tranquillement.

La Fable semble encor vouloir nous faire entendre,
Que souvent de l'Hymen les agréables nœuds,
Pour être différés, n'en sont pas moins heureux,
    Et qu'on ne perd rien pour attendre;
    Mais le sexe avec tant d'ardeur,
    Aspire à la foi conjugale,
Que je n'ai pas la force ni le cœur,
    De lui prêcher cette morale.

LE
PETIT CHAPERON
ROUGE

Conte

Il était une fois une petite fille de Village, la plus jolie qu'on eût su voir ; sa mère en était folle, et sa mère-grand plus folle encore. Cette bonne femme lui fit faire un petit chaperon rouge, qui lui seyait si bien, que partout on l'appelait le Petit chaperon rouge.

Un jour sa mère, ayant cuit et fait des galettes, lui dit : « Va voir comme se porte ta mère-grand, car on m'a dit qu'elle était malade, porte-lui une galette et ce petit pot de beurre. » Le petit chaperon rouge partit aussitôt pour aller chez sa mère-grand, qui demeurait dans un autre Village. En passant dans un bois elle rencontra compère le Loup, qui eut bien envie de la manger ; mais il n'osa, à cause de quelques Bûcherons qui étaient dans la Forêt. Il lui demanda où elle allait ; la pauvre enfant, qui ne savait pas qu'il est dangereux de s'arrêter à écouter un Loup, lui dit : « Je vais voir ma Mère-grand, et lui porter une galette avec un petit pot de beurre que ma Mère lui envoie. — Demeure-

t-elle bien loin? lui dit le Loup. — Oh! oui,
dit le petit chaperon rouge, c'est par-delà le
moulin que vous voyez tout là-bas, là-bas, à
la première maison du Village. — Hé bien,
dit le Loup, je veux l'aller voir aussi; je m'y
en vais par ce chemin ici, et toi par ce
chemin-là, et nous verrons qui plus tôt y
sera. » Le Loup se mit à courir de toute sa
force par le chemin qui était le plus court, et
la petite fille s'en alla par le chemin le plus
long, s'amusant à cueillir des noisettes, à
courir après des papillons, et à faire des
bouquets des petites fleurs qu'elle rencontrait. Le Loup ne fut pas longtemps à
arriver à la maison de la Mère-grand; il
heurte : Toc, toc. « Qui est là? — C'est votre
fille le petit chaperon rouge (dit le Loup, en
contrefaisant sa voix) qui vous apporte une
galette et un petit pot de beurre que ma Mère
vous envoie. » La bonne Mère-grand, qui
était dans son lit à cause qu'elle se trouvait
un peu mal, lui cria : « Tire la chevillette, la
bobinette cherra. » Le Loup tira la chevillette, et la porte s'ouvrit. Il se jeta sur la
bonne femme, et la dévora en moins de rien;
car il y avait plus de trois jours qu'il n'avait
mangé. Ensuite il ferma la porte, et s'alla
coucher dans le lit de la Mère-grand, en
attendant le petit chaperon rouge, qui quelque temps après vint heurter à la porte. Toc,
toc. « Qui est là? » Le petit chaperon rouge,
qui entendit la grosse voix du Loup, eut peur

d'abord, mais croyant que sa Mère-grand était enrhumée, répondit : « C'est votre fille le petit chaperon rouge, qui vous apporte une galette et un petit pot de beurre que ma Mère vous envoie. » Le Loup lui cria en adoucissant un peu sa voix : « Tire la chevillette, la bobinette cherra. » Le petit chaperon rouge tira la chevillette, et la porte s'ouvrit. Le Loup, la voyant entrer, lui dit en se cachant dans le lit sous la couverture : « Mets la galette et le petit pot de beurre sur la huche, et viens te coucher avec moi. » Le petit chaperon rouge se déshabille, et va se mettre dans le lit, où elle fut bien étonnée de voir comment sa Mère-grand était faite en son déshabillé. Elle lui dit : « Ma mère-grand, que vous avez de grands bras ! — C'est pour mieux t'embrasser, ma fille. — Ma mère-grand, que vous avez de grandes jambes ! — C'est pour mieux courir, mon enfant. — Ma mère-grand, que vous avez de grandes oreilles ! — C'est pour mieux écouter, mon enfant. — Ma mère-grand, que vous avez de grands yeux ! — C'est pour mieux voir, mon enfant. — Ma mère-grand, que vous avez de grandes dents ! — C'est pour te manger. » — Et en disant ces mots, ce méchant Loup se jeta sur le petit chaperon rouge, et la mangea.

MORALITÉ

On voit ici que de jeunes enfants,
   Surtout de jeunes filles
   Belles, bien faites, et gentilles,
Font très mal d'écouter toute sorte de gens,
   Et que ce n'est pas chose étrange,
   S'il en est tant que le loup mange.
   Je dis le loup, car tous les loups
   Ne sont pas de la même sorte ;
   Il en est d'une humeur accorte,
   Sans bruit, sans fiel et sans courroux,
   Qui privés, complaisants et doux,
   Suivent les jeunes Demoiselles
Jusque dans les maisons, jusque dans les ruelles ;
   Mais hélas ! qui ne sait que ces Loups doucereux,
   De tous les Loups sont les plus dangereux.

LA
BARBE BLEUE

Il était une fois un homme qui avait de belles maisons à la Ville et à la Campagne, de la vaisselle d'or et d'argent, des meubles en broderie, et des carrosses tout dorés ; mais par malheur cet homme avait la Barbe bleue : cela le rendait si laid et si terrible, qu'il n'était ni femme ni fille qui ne s'enfuît de devant lui. Une de ses Voisines, Dame de qualité, avait deux filles parfaitement belles. Il lui en demanda une en Mariage, et lui laissa le choix de celle qu'elle voudrait lui donner. Elles n'en voulaient point toutes deux, et se le renvoyaient l'une à l'autre, ne pouvant se résoudre à prendre un homme qui eût la barbe bleue. Ce qui les dégoûtait encore, c'est qu'il avait déjà épousé plusieurs femmes, et qu'on ne savait ce que ces femmes étaient devenues. La Barbe bleue, pour faire connaissance, les mena avec leur Mère, et trois ou quatre de leurs meilleures amies, et quelques jeunes gens du voisinage, à une de ses maisons de Campagne, où on demeura huit jours entiers. Ce n'était que promenades, que par-

ties de chasse et de pêche, que danses et
festins, que collations : on ne dormait point, et
on passait toute la nuit à se faire des malices
les uns aux autres ; enfin tout alla si bien, que
la Cadette commença à trouver que le Maître
du logis n'avait plus la barbe si bleue, et que
c'était un fort honnête homme. Dès qu'on fut
de retour à la Ville, le Mariage se conclut. Au
bout d'un mois la Barbe bleue dit à sa femme
qu'il était obligé de faire un voyage en Province, de six semaines au moins, pour une
affaire de conséquence ; qu'il la priait de se
bien divertir pendant son absence, qu'elle fît
venir ses bonnes amies, qu'elle les menât à la
Campagne si elle voulait, que partout elle fît
bonne chère. « Voilà, lui dit-il, les clefs des
deux grands garde-meubles, voilà celles de la
vaisselle d'or et d'argent qui ne sert pas tous
les jours, voilà celles de mes coffres-forts, où
est mon or et mon argent, celles des cassettes
où sont mes pierreries, et voilà le passe-par-
tout de tous les appartements. Pour cette
petite clef-ci, c'est la clef du cabinet au bout de
la grande galerie de l'appartement bas :
ouvrez tout, allez partout, mais pour ce petit
cabinet, je vous défends d'y entrer, et je vous
le défends de telle sorte, que s'il vous arrive de
l'ouvrir, il n'y a rien que vous ne deviez
attendre de ma colère. » Elle promit d'observer exactement tout ce qui lui venait d'être
ordonné ; et lui, après l'avoir embrassée, il
monte dans son carrosse, et part pour son

voyage. Les voisines et les bonnes amies n'attendirent pas qu'on les envoyât querir pour aller chez la jeune Mariée, tant elles avaient d'impatience de voir toutes les richesses de sa Maison, n'ayant osé y venir pendant que le Mari y était, à cause de sa Barbe bleue qui leur faisait peur. Les voilà aussitôt à parcourir les chambres, les cabinets, les garde-robes, toutes plus belles et plus riches les unes que les autres. Elles montèrent ensuite aux garde-meubles, où elles ne pouvaient assez admirer le nombre et la beauté des tapisseries, des lits, des sofas, des cabinets, des guéridons, des tables et des miroirs, où l'on se voyait depuis les pieds jusqu'à la tête, et dont les bordures, les unes de glace, les autres d'argent et de vermeil doré, étaient les plus belles et les plus magnifiques qu'on eût jamais vues. Elles ne cessaient d'exagérer et d'envier le bonheur de leur amie, qui cependant ne se divertissait point à voir toutes ces richesses, à cause de l'impatience qu'elle avait d'aller ouvrir le cabinet de l'appartement bas. Elle fut si pressée de sa curiosité, que sans considérer qu'il était malhonnête de quitter sa compagnie, elle y descendit par un petit escalier dérobé, et avec tant de précipitation, qu'elle pensa se rompre le cou deux ou trois fois. Étant arrivée à la porte du cabinet, elle s'y arrêta quelque temps, songeant à la défense que son Mari lui avait faite, et considérant qu'il pourrait lui arriver malheur

d'avoir été désobéissante; mais la tentation
était si forte qu'elle ne put la surmonter : elle
prit donc la petite clef, et ouvrit en tremblant
la porte du cabinet. D'abord elle ne vit rien,
parce que les fenêtres étaient fermées; après
quelques moments elle commença à voir que
le plancher était tout couvert de sang caillé, et
que dans ce sang se miraient les corps de
plusieurs femmes mortes et attachées le long
des murs (c'était toutes les femmes que la
Barbe bleue avait épousées et qu'il avait égorgées l'une après l'autre). Elle pensa mourir de
peur, et la clef du cabinet qu'elle venait de
retirer de la serrure lui tomba de la main.
Après avoir un peu repris ses esprits, elle
ramassa la clef, referma la porte, et monta à
sa chambre pour se remettre un peu; mais
elle n'en pouvait venir à bout, tant elle était
émue. Ayant remarqué que la clef du cabinet
était tachée de sang, elle l'essuya deux ou trois
fois, mais le sang ne s'en allait point; elle eut
beau la laver, et même la frotter avec du
sablon et avec du grès, il y demeura toujours
du sang, car la clef était Fée, et il n'y avait pas
moyen de la nettoyer tout à fait : quand on
ôtait le sang d'un côté, il revenait de l'autre.
La Barbe bleue revint de son voyage dès le
soir même, et dit qu'il avait reçu des Lettres
dans le chemin, qui lui avaient appris que
l'affaire pour laquelle il était parti venait
d'être terminée à son avantage. Sa femme fit
tout ce qu'elle put pour lui témoigner qu'elle

était ravie de son prompt retour. Le lendemain il lui redemanda les clefs, et elle les lui
donna, mais d'une main si tremblante, qu'il
devina sans peine tout ce qui s'était passé.
« D'où vient, lui dit-il, que la clef du cabinet
n'est point avec les autres ? — Il faut, dit-elle,
que je l'aie laissée là-haut sur ma table. — Ne
manquez pas, dit la Barbe bleue, de me la
donner tantôt. » Après plusieurs remises, il
fallut apporter la clef. La Barbe bleue, l'ayant
considérée, dit à sa femme : « Pourquoi y a-t-il
du sang sur cette clef ? — Je n'en sais rien,
répondit la pauvre femme, plus pâle que la
mort. — Vous n'en savez rien, reprit la Barbe
bleue, je le sais bien, moi ; vous avez voulu
entrer dans le cabinet ! Hé bien, Madame,
vous y entrerez, et irez prendre votre place
auprès des Dames que vous y avez vues. » Elle
se jeta aux pieds de son Mari, en pleurant et en
lui demandant pardon, avec toutes les
marques d'un vrai repentir de n'avoir pas été
obéissante. Elle aurait attendri un rocher,
belle et affligée comme elle était ; mais la
Barbe bleue avait le cœur plus dur qu'un
rocher. « Il faut mourir, Madame, lui dit-il, et
tout à l'heure. — Puisqu'il faut mourir, répondit-elle, en le regardant les yeux baignés de
larmes, donnez-moi un peu de temps pour
prier Dieu. — Je vous donne un demi-quart
d'heure, reprit la Barbe bleue, mais pas un
moment davantage. » Lorsqu'elle fut seule,
elle appela sa sœur, et lui dit : « Ma sœur

Anne (car elle s'appelait ainsi), monte, je te
prie, sur le haut de la Tour, pour voir si mes
frères ne viennent point; ils m'ont promis
qu'ils me viendraient voir aujourd'hui, et si tu
les vois, fais-leur signe de se hâter. » La sœur
Anne monta sur le haut de la Tour, et la
pauvre affligée lui criait de temps en temps :
« *Anne, ma sœur Anne, ne vois-tu rien venir ?* »
Et la sœur Anne lui répondait : « *Je ne vois
rien que le Soleil qui poudroie, et l'herbe qui
verdoie.* » Cependant la Barbe bleue, tenant un
grand coutelas à sa main, criait de toute sa
force à sa femme : « Descends vite, ou je monterai là-haut. — Encore un moment, s'il vous
plaît », lui répondait sa femme, et aussitôt elle
criait tout bas : « *Anne, ma sœur Anne, ne
vois-tu rien venir ?* » Et la sœur Anne répondait : « *Je ne vois rien que le Soleil qui poudroie,
et l'herbe qui verdoie.* » « Descends donc vite,
criait la Barbe bleue, ou je monterai là-haut.
— Je m'en vais », répondait sa femme, et puis
elle criait : « *Anne, ma sœur Anne, ne vois-tu
rien venir ?* — Je vois, répondit la sœur Anne,
une grosse poussière qui vient de ce côté-ci. —
Sont-ce mes frères ? — Hélas ! non ma sœur,
c'est un Troupeau de Moutons. — Ne veux-tu
pas descendre ? criait la Barbe bleue. —
Encore un moment », répondait sa femme; et
puis elle criait : « *Anne, ma sœur Anne, ne
vois-tu rien venir ?* — Je vois, répondit-elle,
deux Cavaliers qui viennent de ce côté-ci,
mais ils sont bien loin encore... Dieu soit loué,

s'écria-t-elle un moment après, ce sont mes
frères ; je leur fais signe tant que je puis de se
hâter. » La Barbe bleue se mit à crier si fort
que toute la maison en trembla. La pauvre
femme descendit, et alla se jeter à ses pieds
toute éplorée et toute échevelée. « Cela ne
sert de rien, dit la Barbe bleue, il faut mourir. » Puis la prenant d'une main par les cheveux, et de l'autre levant le coutelas en l'air, il
allait lui abattre la tête. La pauvre femme se
tournant vers lui, et le regardant avec des
yeux mourants, le pria de lui donner un petit
moment pour se recueillir. « Non, non, dit-il,
recommande-toi bien à Dieu » ; et levant son
bras... Dans ce moment on heurta si fort à la
porte, que la Barbe bleue s'arrêta tout court :
on ouvrit, et aussitôt on vit entrer deux Cavaliers, qui mettant l'épée à la main, coururent
droit à la Barbe bleue. Il reconnut que c'était
les frères de sa femme, l'un Dragon et l'autre
Mousquetaire, de sorte qu'il s'enfuit aussitôt
pour se sauver ; mais les deux frères le pour-
suivirent de si près, qu'ils l'attrapèrent avant
qu'il pût gagner le perron. Ils lui passèrent
leur épée au travers du corps, et le laissèrent
mort. La pauvre femme était presque aussi
morte que son Mari, et n'avait pas la force de
se lever pour embrasser ses Frères. Il se trouva
que la Barbe bleue n'avait point d'héritiers, et
qu'ainsi sa femme demeura maîtresse de tous
ses biens. Elle en employa une partie à marier
sa sœur Anne avec un jeune Gentilhomme,

dont elle était aimée depuis longtemps; une
autre partie à acheter des Charges de Capi-
taine à ses deux frères; et le reste à se marier
elle-même à un fort honnête homme, qui lui
fit oublier le mauvais temps qu'elle avait
passé avec la Barbe bleue.

MORALITÉ

La curiosité malgré tous ses attraits,
*   Coûte souvent bien des regrets;*
On en voit tous les jours mille exemples paraître.
C'est, n'en déplaise au sexe, un plaisir bien léger;
*   Dès qu'on le prend il cesse d'être,*
*   Et toujours il coûte trop cher.*

AUTRE MORALITÉ

*   Pour peu qu'on ait l'esprit sensé,*
* Et que du Monde on sache le grimoire,*
*   On voit bientôt que cette histoire*
*   Est un conte du temps passé;*
*   Il n'est plus d'Époux si terrible,*
*   Ni qui demande l'impossible,*
*   Fût-il malcontent et jaloux.*
*   Près de sa femme on le voit filer doux;*
Et de quelque couleur que sa barbe puisse être,
On a peine à juger qui des deux est le maître.

LE MAÎTRE CHAT
OU
LE CHAT BOTTÉ

Conte

Un Meunier ne laissa pour tous biens à trois enfants qu'il avait, que son Moulin, son Ane, et son Chat. Les partages furent bientôt faits, ni le Notaire, ni le Procureur n'y furent point appelés. Ils auraient eu bientôt mangé tout le pauvre patrimoine. L'aîné eut le Moulin, le second eut l'Ane, et le plus jeune n'eut que le Chat. Ce dernier ne pouvait se consoler d'avoir un si pauvre lot : « Mes frères, disait-il, pourront gagner leur vie honnêtement en se mettant ensemble ; pour moi, lorsque j'aurai mangé mon chat, et que je me serai fait un manchon de sa peau, il faudra que je meure de faim. » Le Chat qui entendait ce discours, mais qui n'en fit pas semblant, lui dit d'un air posé et sérieux : « Ne vous affligez point, mon maître, vous n'avez qu'à me donner un Sac, et me faire faire une paire de Bottes pour aller dans les broussailles, et vous verrez que vous n'êtes pas si mal partagé que vous croyez. » Quoique le Maître du chat ne fît pas grand fond là-dessus, il lui avait vu faire tant de tours de

souplesse, pour prendre des Rats et des Souris, comme quand il se pendait par les pieds,
ou qu'il se cachait dans la farine pour faire le
mort, qu'il ne désespéra pas d'en être
secouru dans sa misère. Lorsque le chat eut
ce qu'il avait demandé, il se botta brave-
ment, et mettant son sac à son cou, il en prit
les cordons avec ses deux pattes de devant,
et s'en alla dans une garenne où il y avait
grand nombre de lapins. Il mit du son et des
lasserons dans son sac, et s'étendant comme
s'il eût été mort, il attendit que quelque
jeune lapin, peu instruit encore des ruses de
ce monde, vînt se fourrer dans son sac pour
manger ce qu'il y avait mis. A peine fut-il
couché, qu'il eut contentement ; un jeune
étourdi de lapin entra dans son sac et le
maître chat tirant aussitôt les cordons le prit
et le tua sans miséricorde. Tout glorieux de
sa proie, il s'en alla chez le Roi et demanda à
lui parler. On le fit monter à l'Appartement
de sa Majesté, où étant entré il fit une grande
révérence au Roi, et lui dit : « Voilà, Sire, un
Lapin de Garenne que Monsieur le Marquis
de Carabas (c'était le nom qu'il lui prit en
gré de donner à son Maître) m'a chargé de
vous présenter de sa part. — Dis à ton
Maître, répondit le Roi, que je le remercie, et
qu'il me fait plaisir. » Une autre fois, il alla
se cacher dans un blé, tenant toujours son
sac ouvert ; et lorsque deux Perdrix y furent
entrées, il tira les cordons, et les prit toutes

deux. Il alla ensuite les présenter au Roi, comme il avait fait le Lapin de Garenne. Le Roi reçut encore avec plaisir les deux Perdrix, et lui fit donner pour boire. Le Chat continua ainsi pendant deux ou trois mois à porter de temps en temps au Roi du Gibier de la chasse de son Maître. Un jour qu'il sut que le Roi devait aller à la promenade sur le bord de la rivière avec sa fille, la plus belle Princesse du monde, il dit à son Maître : « Si vous voulez suivre mon conseil, votre fortune est faite : vous n'avez qu'à vous baigner dans la rivière à l'endroit que je vous montrerai, et ensuite me laisser faire. » Le Marquis de Carabas fit ce que son chat lui conseillait, sans savoir à quoi cela serait bon. Dans le temps qu'il se baignait, le Roi vint à passer, et le Chat se mit à crier de toute sa force : « Au secours, au secours, voilà Monsieur le Marquis de Carabas qui se noie ! » A ce cri le Roi mit la tête à la portière, et reconnaissant le Chat qui lui avait apporté tant de fois du Gibier, il ordonna à ses Gardes qu'on allât vite au secours de Monsieur le Marquis de Carabas. Pendant qu'on retirait le pauvre Marquis de la rivière, le Chat s'approcha du Carrosse, et dit au Roi que dans le temps que son Maître se baignait, il était venu des Voleurs qui avaient emporté ses habits, quoiqu'il eût crié au voleur de toute sa force ; le drôle les avait cachés sous une grosse pierre. Le Roi

ordonna aussitôt aux Officiers de sa Garde-
robe d'aller querir un de ses plus beaux
habits pour Monsieur le Marquis de Carabas. Le Roi lui fit mille caresses, et comme
les beaux habits qu'on venait de lui donner
relevaient sa bonne mine (car il était beau, et
bien fait de sa personne), la fille du Roi le
trouva fort à son gré, et le Comte de Carabas
ne lui eut pas jeté deux ou trois regards fort
respectueux, et un peu tendres, qu'elle en
devint amoureuse à la folie. Le Roi voulut
qu'il montât dans son Carrosse, et qu'il fût
de la promenade. Le Chat ravi de voir que
son dessein commençait à réussir, prit les
devants, et ayant rencontré des Paysans qui
fauchaient un Pré, il leur dit : « *Bonnes gens
qui fauchez, si vous ne dites au Roi que le pré
que vous fauchez appartient à Monsieur le
Marquis de Carabas, vous serez tous hachés
menu comme chair à pâté.* » Le Roi ne man-
qua pas à demander aux Faucheux à qui
était ce Pré qu'ils fauchaient. « C'est à Monsieur le Marquis de Carabas », dirent-ils tous
ensemble, car la menace du Chat leur avait
fait peur. « Vous avez là un bel héritage, dit
le Roi au Marquis de Carabas. — Vous
voyez, Sire, répondit le Marquis, c'est un pré
qui ne manque point de rapporter abondam-
ment toutes les années. » Le maître chat, qui
allait toujours devant, rencontra des Moissonneurs, et leur dit : « *Bonnes gens qui
moissonnez, si vous ne dites pas que tous ces*

blés appartiennent à Monsieur le Marquis de Carabas, vous serez tous hachés menu comme chair à pâté. » Le Roi, qui passa un moment après, voulut savoir à qui appartenaient tous les blés qu'il voyait. « C'est à Monsieur le Marquis de Carabas », répondirent les Moissonneurs, et le Roi s'en réjouit encore avec le Marquis. Le Chat, qui allait devant le Carrosse, disait toujours la même chose à tous ceux qu'il rencontrait ; et le Roi était étonné des grands biens de Monsieur le Marquis de Carabas. Le maître Chat arriva enfin dans un beau Château dont le Maître était un Ogre, le plus riche qu'on ait jamais vu, car toutes les terres par où le Roi avait passé étaient de la dépendance de ce Château. Le Chat, qui eut soin de s'informer qui était cet Ogre, et ce qu'il savait faire, demanda à lui parler, disant qu'il n'avait pas voulu passer si près de son Château, sans avoir l'honneur de lui faire la révérence. L'Ogre le reçut aussi civilement que le peut un Ogre, et le fit reposer. « On m'a assuré, dit le Chat, que vous aviez le don de vous changer en toute sorte d'Animaux, que vous pouviez par exemple vous transformer en Lion, en Éléphant ? — Cela est vrai, répondit l'Ogre brusquement, et pour vous le montrer, vous m'allez voir devenir Lion. » Le Chat fut si effrayé de voir un Lion devant lui, qu'il gagna aussitôt les gouttières, non sans peine et sans péril, à cause de ses bottes qui ne

valaient rien pour marcher sur les tuiles.
Quelque temps après, le Chat, ayant vu que
l'Ogre avait quitté sa première forme, descendit, et avoua qu'il avait eu bien peur.
« On m'a assuré encore, dit le Chat, mais je
ne saurais le croire, que vous aviez aussi le
pouvoir de prendre la forme des plus petits
Animaux, par exemple, de vous changer en
un Rat, en une souris ; je vous avoue que je
tiens `cela tout à fait impossible. — Impos-
sible ? reprit l'Ogre, vous allez voir », et en
même temps il se changea en une Souris, qui
se mit à courir sur le plancher. Le Chat ne
l'eut pas plus tôt aperçue qu'il se jeta dessus,
et la mangea. Cependant le Roi, qui vit en
passant le beau Château de l'Ogre, voulut
entrer dedans. Le Chat, qui entendit le bruit
du Carrosse qui passait sur le pont-levis,
courut au-devant, et dit au Roi : « Votre
Majesté soit la bienvenue dans le Château de
Monsieur le Marquis de Carabas. — Comment, Monsieur le Marquis, s'écria le Roi, ce
Château est encore à vous ! il ne se peut rien
de plus beau que cette cour et que tous ces
Bâtiments qui l'environnent ; voyons les
dedans, s'il vous plaît. » Le Marquis donna
la main à la jeune Princesse, et suivant le Roi
qui montait le premier, ils entrèrent dans
une grande Salle où ils trouvèrent une
magnifique collation que l'Ogre avait fait
préparer pour ses amis qui le devaient venir
voir ce même jour-là, mais qui n'avaient pas

osé entrer, sachant que le Roi y était. Le Roi charmé des bonnes qualités de Monsieur le Marquis de Carabas, de même que sa fille qui en était folle, et voyant les grands biens qu'il possédait, lui dit, après avoir bu cinq ou six coups : « Il ne tiendra qu'à vous, Monsieur le Marquis, que vous ne soyez mon gendre. » Le Marquis, faisant de grandes révérences, accepta l'honneur que lui faisait le Roi ; et dès le même jour épousa la Princesse. Le Chat devint grand Seigneur, et ne courut plus après les souris, que pour se divertir.

MORALITÉ

Quelque grand que soit l'avantage
De jouir d'un riche héritage
Venant à nous de père en fils,
Aux jeunes gens pour l'ordinaire,
L'industrie et le savoir-faire
Valent mieux que des biens acquis.

AUTRE MORALITÉ

Si le fils d'un Meunier, avec tant de vitesse,
  Gagne le cœur d'une Princesse,
Et s'en fait regarder avec des yeux mourants,
  C'est que l'habit, la mine et la jeunesse,
  Pour inspirer de la tendresse,
N'en sont pas des moyens toujours indifférents.

LES FÉES

Conte

Il était une fois une veuve qui avait deux filles; l'aînée lui ressemblait si fort et d'humeur et de visage, que qui la voyait voyait la mère. Elles étaient toutes deux si désagréables et si orgueilleuses qu'on ne pouvait vivre avec elles. La cadette, qui était le vrai portrait de son Père pour la douceur et pour l'honnêteté, était avec cela une des plus belles filles qu'on eût su voir. Comme on aime naturellement son semblable, cette mère était folle de sa fille aînée, et en même temps avait une aversion effroyable pour la cadette. Elle la faisait manger à la Cuisine et travailler sans cesse.

Il fallait entre autre chose que cette pauvre enfant allât deux fois le jour puiser de l'eau à une grande demi-lieue du logis, et qu'elle en rapportât plein une grande cruche. Un jour qu'elle était à cette fontaine, il vint à elle une pauvre femme qui la pria de lui donner à boire. « Oui-da, ma bonne mère », dit cette belle fille; et rinçant aussitôt sa cruche, elle puisa de l'eau au plus bel

endroit de la fontaine, et la lui présenta,
soutenant toujours la cruche afin qu'elle bût
plus aisément. La bonne femme, ayant bu,
lui dit : « Vous êtes si belle, si bonne, et si
honnête, que je ne puis m'empêcher de vous
faire un don (car c'était une Fée qui avait
pris la forme d'une pauvre femme de village,
pour voir jusqu'où irait l'honnêteté de cette
jeune fille). Je vous donne pour don, pour-
suivit la Fée, qu'à chaque parole que vous
direz, il vous sortira de la bouche ou une
Fleur, ou une Pierre précieuse. » Lorsque
cette belle fille arriva au logis, sa mère la
gronda de revenir si tard de la fontaine. « Je
vous demande pardon, ma mère, dit cette
pauvre fille, d'avoir tardé si longtemps » ; et
en disant ces mots, il lui sortit de la bouche
deux Roses, deux Perles, et deux gros Diamants. « Que vois-je là ! dit sa mère tout
étonnée ; je crois qu'il lui sort de la bouche
des Perles et des Diamants ; d'où vient cela,
ma fille ? » (ce fut là la première fois qu'elle
l'appela sa fille). La pauvre enfant lui
raconta naïvement tout ce qui lui était
arrivé, non sans jeter une infinité de Diamants. « Vraiment, dit la mère, il faut que
j'y envoie ma fille ; tenez, Fanchon, voyez ce
qui sort de la bouche de votre sœur quand
elle parle ; ne seriez-vous pas bien aise
d'avoir le même don ? Vous n'avez qu'à aller
puiser de l'eau à la fontaine, et quand une
pauvre femme vous demandera à boire, lui

en donner bien honnêtement. — Il me ferait
beau voir, répondit la brutale, aller à la
fontaine. — Je veux que vous y alliez, reprit
la mère, et tout à l'heure. » Elle y alla, mais
toujours en grondant. Elle prit le plus beau
Flacon d'argent qui fût dans le logis. Elle ne
fut pas plus tôt arrivée à la fontaine qu'elle
vit sortir du bois une Dame magnifiquement
vêtue qui vint lui demander à boire : c'était
la même Fée qui avait apparu à sa sœur,
mais qui avait pris l'air et les habits d'une
Princesse, pour voir jusqu'où irait la mal-
honnêteté de cette fille. « Est-ce que je suis
ici venue, lui dit cette brutale orgueilleuse,
pour vous donner à boire? Justement j'ai
apporté un Flacon d'argent tout exprès pour
donner à boire à Madame! J'en suis d'avis,
buvez à même si vous voulez. — Vous n'êtes
guère honnête, reprit la Fée, sans se mettre
en colère; hé bien! puisque vous êtes si peu
obligeante, je vous donne pour don qu'à
chaque parole que vous direz, il vous sortira
de la bouche ou un serpent ou un crapaud. »
D'abord que sa mère l'aperçut, elle lui cria :
« Hé bien, ma fille! — Hé bien, ma mère! lui
répondit la brutale, en jetant deux vipères,
et deux crapauds. — O Ciel! s'écria la mère,
que vois-je là ? C'est sa sœur qui en est cause,
elle me le paiera »; et aussitôt elle courut
pour la battre. La pauvre enfant s'enfuit, et
alla se sauver dans la Forêt prochaine. Le fils
du Roi qui revenait de la chasse la rencontra

et la voyant si belle, lui demanda ce qu'elle faisait là toute seule et ce qu'elle avait à pleurer. « Hélas ! Monsieur, c'est ma mère qui m'a chassée du logis. » Le fils du Roi, qui vit sortir de sa bouche cinq ou six Perles, et autant de Diamants, la pria de lui dire d'où cela lui venait. Elle lui conta toute son aventure. Le fils du Roi en devint amoureux, et considérant qu'un tel don valait mieux que tout ce qu'on pouvait donner en mariage à une autre, l'emmena au Palais du Roi son père, où il l'épousa. Pour sa sœur, elle se fit tant haïr, que sa propre mère la chassa de chez elle ; et la malheureuse, après avoir bien couru sans trouver personne qui voulût la recevoir, alla mourir au coin d'un bois.

MORALITÉ

Les Diamants et les Pistoles,
Peuvent beaucoup sur les Esprits ;
Cependant les douces paroles
Ont encor plus de force, et sont d'un plus grand prix.

AUTRE MORALITÉ

L'honnêteté coûte des soins,
Et veut un peu de complaisance,
Mais tôt ou tard elle a sa récompense,
Et souvent dans le temps qu'on y pense le moins.

CENDRILLON
OU LA PETITE
PANTOUFLE DE VERRE

Conte

Il était une fois un Gentilhomme qui épousa en secondes noces une femme, la plus hautaine et la plus fière qu'on eût jamais vue. Elle avait deux filles de son humeur, et qui lui ressemblaient en toutes choses. Le Mari avait de son côté une jeune fille, mais d'une douceur et d'une bonté sans exemple; elle tenait cela de sa Mère, qui était la meilleure personne du monde. Les noces ne furent pas plus tôt faites, que la Belle-mère fit éclater sa mauvaise humeur; elle ne put souffrir les bonnes qualités de cette jeune enfant, qui rendaient ses filles encore plus haïssables. Elle la chargea des plus viles occupations de la Maison: c'était elle qui nettoyait la vaisselle et les montées, qui frottait la chambre de Madame, et celles de Mesdemoiselles ses filles; elle couchait tout au haut de la maison, dans un grenier, sur une méchante paillasse, pendant que ses sœurs étaient dans des chambres parquetées, où elles avaient des lits des plus à la mode, et des miroirs où elles se voyaient depuis les pieds jusqu'à la tête. La pauvre fille souffrait tout avec patience, et n'osait s'en plaindre à son père qui l'aurait grondée, parce que sa femme le gouvernait entièrement. Lorsqu'elle avait fait son ouvrage, elle s'allait mettre au coin de la cheminée, et s'asseoir dans les cendres, ce qui faisait qu'on l'appelait communément dans le logis Cucendron. La cadette, qui n'était pas si malhonnête que son aînée, l'appelait Cendrillon; cependant Cendrillon, avec ses méchants habits, ne laissait pas d'être cent fois plus belle que ses sœurs, quoique vêtues très magnifiquement.

Il arriva que le fils du Roi donna un bal, et qu'il en pria toutes les personnes de qualité : nos deux Demoiselles en furent aussi priées, car elles faisaient grande figure dans le Pays. Les voilà bien aises et bien occupées à choisir les habits et les coiffures qui leur siéraient le mieux; nouvelle peine pour Cendrillon, car c'était elle qui repassait le linge de ses sœurs et qui godronnait leurs manchettes. On ne parlait que de la manière dont on s'habillerait. « Moi, dit l'aînée, je mettrai mon habit de velours rouge et ma garniture d'Angleterre. — Moi, dit la cadette, je n'aurai que ma jupe ordinaire; mais en récompense, je mettrai mon manteau à fleurs d'or, et ma barrière de diamants, qui n'est pas des plus indifférentes. » On envoya querir la bonne coiffeuse, pour dresser les cornettes à deux rangs, et on fit acheter des mouches de la bonne Faiseuse : elles appelèrent Cendrillon pour lui deman-

der son avis, car elle avait le goût bon. Cendrillon les conseilla le mieux du monde, et
s'offrit même à les coiffer; ce qu'elles vou-
lurent bien. En les coiffant, elles lui disaient :
« Cendrillon, serais-tu bien aise d'aller au
Bal ? — Hélas, Mesdemoiselles, vous vous
moquez de moi, ce n'est pas là ce qu'il me
faut. — Tu as raison, on rirait bien si on voyait
un Cucendron aller au Bal. » Une autre que
Cendrillon les aurait coiffées de travers; mais
elle était bonne, et elle les coiffa parfaitement
bien. Elles furent près de deux jours sans
manger, tant elles étaient transportées de joie.
On rompit plus de douze lacets à force de les
serrer pour leur rendre la taille plus menue, et
elles étaient toujours devant leur miroir.
Enfin l'heureux jour arriva, on partit, et Cendrillon les suivit des yeux le plus longtemps
qu'elle put; lorsqu'elle ne les vit plus, elle se
mit à pleurer. Sa Marraine, qui la vit toute en
pleurs, lui demanda ce qu'elle avait. « Je voudrais bien... je voudrais bien... » Elle pleurait
si fort qu'elle ne put achever. Sa Marraine, qui
était Fée, lui dit : « Tu voudrais bien aller au
Bal, n'est-ce pas ? — Hélas oui, dit Cendrillon
en soupirant. — Hé bien, seras-tu bonne fille ?
dit sa Marraine, je t'y ferai aller. » Elle la
mena dans sa chambre, et lui dit : « Va dans
le jardin et apporte-moi une citrouille. » Cendrillon alla aussitôt cueillir la plus belle
qu'elle put trouver, et la porta à sa Marraine,
ne pouvant deviner comment cette citrouille

la pourrait faire aller au Bal. Sa Marraine la creusa, et n'ayant laissé que l'écorce, la frappa de sa baguette, et la citrouille fut aussitôt changée en un beau carrosse tout doré. Ensuite elle alla regarder dans sa souricière, où elle trouva six souris toutes en vie; elle dit à Cendrillon de lever un peu la trappe de la souricière, et à chaque souris qui sortait, elle lui donnait un coup de sa baguette, et la souris était aussitôt changée en un beau cheval; ce qui fit un bel attelage de six chevaux, d'un beau gris de souris pommelé. Comme elle était en peine de quoi elle ferait un Cocher : « Je vais voir, dit Cendrillon, s'il n'y a point quelque rat dans la ratière, nous en ferons un Cocher. — Tu as raison, dit sa Marraine, va voir. » Cendrillon lui apporta la ratière, où il y avait trois gros rats. La Fée en prit un d'entre les trois, à cause de sa maîtresse barbe, et l'ayant touché, il fut changé en un gros Cocher, qui avait une des plus belles moustaches qu'on ait jamais vues. Ensuite elle lui dit : « Va dans le jardin, tu y trouveras six lézards derrière l'arrosoir, apporte-les-moi. » Elle ne les eut pas plus tôt apportés que la Marraine les changea en six Laquais, qui montèrent aussitôt derrière le carrosse avec leurs habits chamarrés, et qui s'y tenaient attachés, comme s'ils n'eussent fait autre chose toute leur vie. La Fée dit alors à Cendrillon : « Hé bien, voilà de quoi aller au bal, n'es-tu pas bien aise? — Oui, mais est-ce que

j'irai comme cela avec mes vilains habits ? »
Sa Marraine ne fit que la toucher avec sa
baguette, et en même temps ses habits furent
changés en des habits de drap d'or et d'argent
tout chamarrés de pierreries ; elle lui donna
ensuite une paire de pantoufles de verre, les
plus jolies du monde. Quand elle fut ainsi
parée, elle monta en carrosse ; mais sa Marraine lui recommanda sur toutes choses de ne
pas passer minuit, l'avertissant que si elle
demeurait au Bal un moment davantage, son
carrosse redeviendrait citrouille, ses chevaux
des souris, ses laquais des lézards, et que ses
vieux habits reprendraient leur première
forme. Elle promit à sa Marraine qu'elle ne
manquerait pas de sortir du Bal avant minuit.
Elle part, ne se sentant pas de joie. Le Fils du
Roi, qu'on alla avertir qu'il venait d'arriver
une grande Princesse qu'on ne connaissait
point, courut la recevoir ; il lui donna la main
à la descente du carrosse, et la mena dans la
salle où était la compagnie. Il se fit alors un
grand silence ; on cessa de danser et les violons ne jouèrent plus, tant on était attentif à
contempler les grandes beautés de cette
inconnue. On n'entendait qu'un bruit confus :
« Ah, qu'elle est belle ! » Le Roi même, tout
vieux qu'il était, ne laissait pas de la regarder,
et de dire tout bas à la Reine qu'il y avait
longtemps qu'il n'avait vu une si belle et si
aimable personne. Toutes les Dames étaient
attentives à considérer sa coiffure et ses

habits, pour en avoir dès le lendemain de
semblables, pourvu qu'il se trouvât des étoffes
assez belles, et des ouvriers assez habiles. Le
Fils du Roi la mit à la place la plus honorable,
et ensuite la prit pour la mener danser. Elle
dansa avec tant de grâce, qu'on l'admira
encore davantage. On apporta une fort belle
collation, dont le jeune Prince ne mangea
point, tant il était occupé à la considérer. Elle
alla s'asseoir auprès de ses sœurs, et leur fit
mille honnêtetés : elle leur fit part des oranges
et des citrons que le Prince lui avait donnés, ce
qui les étonna fort, car elles ne la connaissaient point. Lorsqu'elles causaient ainsi, Cendrillon entendit sonner onze heures trois
quarts : elle fit aussitôt une grande révérence
à la compagnie, et s'en alla le plus vite qu'elle
put. Dès qu'elle fut arrivée, elle alla trouver sa
Marraine, et après l'avoir remerciée, elle lui
dit qu'elle souhaiterait bien aller encore le
lendemain au Bal, parce que le Fils du Roi l'en
avait priée. Comme elle était occupée à
raconter à sa Marraine tout ce qui s'était passé
au Bal, les deux sœurs heurtèrent à la porte ;
Cendrillon leur alla ouvrir. « Que vous êtes
longtemps à revenir ! » leur dit-elle en bâil-
lant, en se frottant les yeux, et en s'étendant
comme si elle n'eût fait que de se réveiller ;
elle n'avait cependant pas eu envie de dormir
depuis qu'elles s'étaient quittées. « Si tu étais
venue au Bal, lui dit une de ses sœurs, tu ne t'y
serais pas ennuyée : il y est venu la plus belle

Princesse, la plus belle qu'on puisse jamais voir ; elle nous a fait mille civilités, elle nous a donné des oranges et des citrons. » Cendrillon ne se sentait pas de joie : elle leur demanda le nom de cette Princesse ; mais elles lui répondirent qu'on ne la connaissait pas, que le Fils du Roi en était fort en peine, et qu'il donnerait toutes choses au monde pour savoir qui elle était. Cendrillon sourit et leur dit : « Elle était donc bien belle ? Mon Dieu, que vous êtes heureuses, ne pourrais-je point la voir ? Hélas ! Mademoiselle Javotte, prêtez-moi votre habit jaune que vous mettez tous les jours. — Vraiment, dit Mademoiselle Javotte, je suis de cet avis ! Prêter votre habit à un vilain Cucendron comme cela : il faudrait que je fusse bien folle. » Cendrillon s'attendait bien à ce refus, et elle en fut bien aise, car elle aurait été grandement embarrassée si sa sœur eût bien voulu lui prêter son habit. Le lendemain les deux sœurs furent au Bal, et Cendrillon aussi, mais encore plus parée que la première fois. Le Fils du Roi fut toujours auprès d'elle, et ne cessa de lui conter des douceurs ; la jeune Demoiselle ne s'ennuyait point, et oublia ce que sa Marraine lui avait recommandé ; de sorte qu'elle entendit sonner le premier coup de minuit, lorsqu'elle ne croyait pas qu'il fût encore onze heures : elle se leva et s'enfuit aussi légèrement qu'aurait fait une biche. Le Prince la suivit, mais il ne put l'attraper ; elle laissa tomber une de ses pantoufles de verre,

que le Prince ramassa bien soigneusement.
Cendrillon arriva chez elle bien essoufflée,
sans carrosse, sans laquais, et avec ses
méchants habits, rien ne lui étant resté de
toute sa magnificence qu'une de ses petites
pantoufles, la pareille de celle qu'elle avait
laissé tomber. On demanda aux Gardes de la
porte du Palais s'ils n'avaient point vu sortir
une Princesse ; ils dirent qu'ils n'avaient vu
sortir personne, qu'une jeune fille fort mal
vêtue, et qui avait plus l'air d'une Paysanne
que d'une Demoiselle. Quand ses deux sœurs
revinrent du Bal, Cendrillon leur demanda si
elles s'étaient encore bien diverties, et si la
belle Dame y avait été ; elles lui dirent que oui,
mais qu'elle s'était enfuie lorsque minuit avait
sonné, et si promptement qu'elle avait laissé
tomber une de ses petites pantoufles de verre,
la plus jolie du monde ; que le fils du Roi
l'avait ramassée, et qu'il n'avait fait que la
regarder pendant tout le reste du Bal, et
qu'assurément il était fort amoureux de la
belle personne à qui appartenait la petite
pantoufle. Elles dirent vrai, car peu de jours
après, le fils du Roi fit publier à son de trompe
qu'il épouserait celle dont le pied serait bien
juste à la pantoufle. On commença à l'essayer
aux Princesses, ensuite aux Duchesses, et à
toute la Cour, mais inutilement. On l'apporta
chez les deux sœurs, qui firent tout leur possible pour faire entrer leur pied dans la pantoufle, mais elles ne purent en venir à bout.

Cendrillon qui les regardait, et qui reconnut sa pantoufle, dit en riant : « Que je voie si elle ne me serait pas bonne ! » Ses sœurs se mirent à rire et à se moquer d'elle. Le Gentilhomme qui faisait l'essai de la pantoufle, ayant regardé attentivement Cendrillon, et la trouvant fort belle, dit que cela était juste, et qu'il avait ordre de l'essayer à toutes les filles. Il fit asseoir Cendrillon, et approchant la pantoufle de son petit pied, il vit qu'elle y entrait sans peine, et qu'elle y était juste comme de cire. L'étonnement des deux sœurs fut grand, mais plus grand encore quand Cendrillon tira de sa poche l'autre petite pantoufle qu'elle mit à son pied. Là-dessus arriva la Marraine, qui ayant donné un coup de sa baguette sur les habits de Cendrillon, les fit devenir encore plus magnifiques que tous les autres.

Alors ses deux sœurs la reconnurent pour la belle personne qu'elles avaient vue au Bal. Elles se jetèrent à ses pieds pour lui demander pardon de tous les mauvais traitements qu'elles lui avaient fait souffrir. Cendrillon les releva, et leur dit, en les embrassant, qu'elle leur pardonnait de bon cœur, et qu'elle les priait de l'aimer bien toujours. On la mena chez le jeune Prince, parée comme elle était : il la trouva encore plus belle que jamais, et peu de jours après, il l'épousa. Cendrillon, qui était aussi bonne que belle, fit loger ses deux sœurs au Palais, et les maria dès le jour même à deux grands Seigneurs de la Cour.

MORALITÉ

La beauté pour le sexe est un rare trésor,
  De l'admirer jamais on ne se lasse;
    Mais ce qu'on nomme bonne grâce
    Est sans prix, et vaut mieux encor.

C'est ce qu'à Cendrillon fit avoir sa Marraine,
  En la dressant, en l'instruisant,
  Tant et si bien qu'elle en fit une Reine :
(Car ainsi sur ce Conte on va moralisant.)

Belles, ce don vaut mieux que d'être bien coiffées,
Pour engager un cœur, pour en venir à bout,
  La bonne grâce est le vrai don des Fées;
Sans elle on ne peut rien, avec elle, on peut tout.

AUTRE MORALITÉ

  C'est sans doute un grand avantage,
  D'avoir de l'esprit, du courage,
  De la naissance, du bon sens,
  Et d'autres semblables talents,
  Qu'on reçoit du Ciel en partage;
  Mais vous aurez beau les avoir,
Pour votre avancement ce seront choses vaines,
  Si vous n'avez, pour les faire valoir,
  Ou des parrains ou des marraines.

RIQUET
A LA HOUPPE

Conte

Il était une fois une Reine qui accoucha
d'un fils, si laid et si mal fait, qu'on douta
longtemps s'il avait forme humaine. Une Fée
qui se trouva à sa naissance assura qu'il ne
laisserait pas d'être aimable, parce qu'il
aurait beaucoup d'esprit; elle ajouta même
qu'il pourrait, en vertu du don qu'elle venait
de lui faire, donner autant d'esprit qu'il en
aurait à la personne qu'il aimerait le mieux.
Tout cela consola un peu la pauvre Reine,
qui était bien affligée d'avoir mis au monde
un si vilain marmot. Il est vrai que cet enfant
ne commença pas plus tôt à parler qu'il dit
mille jolies choses, et qu'il avait dans toutes
ses actions je ne sais quoi de si spirituel,
qu'on en était charmé. J'oubliais de dire
qu'il vint au monde avec une petite houppe
de cheveux sur la tête, ce qui fit qu'on le
nomma Riquet à la houppe, car Riquet était
le nom de la famille.

Au bout de sept ou huit ans la Reine d'un
Royaume voisin accoucha de deux filles. La
première qui vint au monde était plus belle

que le jour : la Reine en fut si aise, qu'on
appréhenda que la trop grande joie qu'elle
en avait ne lui fît mal. La même Fée qui avait
assisté à la naissance du petit Riquet à la
houppe était présente, et pour modérer la
joie de la Reine, elle lui déclara que cette
petite Princesse n'aurait point d'esprit, et
qu'elle serait aussi stupide qu'elle était
belle. Cela mortifia beaucoup la Reine ; mais
elle eut quelques moments après un bien
plus grand chagrin, car la seconde fille dont
elle accoucha se trouva extrêmement laide.
« Ne vous affligez point tant, Madame, lui
dit la Fée ; votre fille sera récompensée d'ailleurs, et elle aura tant d'esprit, qu'on ne
s'apercevra presque pas qu'il lui manque de
la beauté. — Dieu le veuille, répondit la
Reine ; mais n'y aurait-il point moyen de
faire avoir un peu d'esprit à l'aînée qui est si
belle ? — Je ne puis rien pour elle, Madame,
du côté de l'esprit, lui dit la Fée, mais je puis
tout du côté de la beauté ; et comme il n'y a
rien que je ne veuille faire pour votre satisfaction, je vais lui donner pour don de pouvoir rendre beau ou belle la personne qui lui
plaira. » A mesure que ces deux Princesses
devinrent grandes, leurs perfections crûrent
aussi avec elles, et on ne parlait partout que
de la beauté de l'aînée, et de l'esprit de la
cadette. Il est vrai aussi que leurs défauts
augmentèrent beaucoup avec l'âge. La
cadette enlaidissait à vue d'œil, et l'aînée

devenait plus stupide de jour en jour. Ou elle
ne répondait rien à ce qu'on lui demandait,
ou elle disait une sottise. Elle était avec cela
si maladroite qu'elle n'eût pu ranger quatre
Porcelaines sur le bord d'une cheminée sans
en casser une, ni boire un verre d'eau sans en
répandre la moitié sur ses habits. Quoique la
beauté soit un grand avantage dans une
jeune personne, cependant la cadette
l'emportait presque toujours sur son aînée
dans toutes les Compagnies. D'abord on
allait du côté de la plus belle pour la voir et
pour l'admirer, mais bientôt après, on allait
à celle qui avait le plus d'esprit, pour lui
entendre dire mille choses agréables ; et on
était étonné qu'en moins d'un quart d'heure
l'aînée n'avait plus personne auprès d'elle,
et que tout le monde s'était rangé autour de
la cadette. L'aînée, quoique fort stupide, le
remarqua bien, et elle eût donné sans regret
toute sa beauté pour avoir la moitié de
l'esprit de sa sœur. La Reine, toute sage
qu'elle était, ne put s'empêcher de lui reprocher plusieurs fois sa bêtise, ce qui pensa
faire mourir de douleur cette pauvre Princesse. Un jour qu'elle s'était retirée dans un
bois pour y plaindre son malheur, elle vit
venir à elle un petit homme fort laid et fort
désagréable, mais vêtu très magnifiquement. C'était le jeune Prince Riquet à la
houppe, qui étant devenu amoureux d'elle
sur ses Portraits qui couraient par tout le

monde, avait quitté le Royaume de son père
pour avoir le plaisir de la voir et de lui
parler. Ravi de la rencontrer ainsi toute
seule, il l'aborde avec tout le respect et toute
la politesse imaginable. Ayant remarqué,
après lui avoir fait les compliments ordi-
naires, qu'elle était fort mélancolique, il lui
dit : « Je ne comprends point, Madame,
comment une personne aussi belle que vous
l'êtes peut être aussi triste que vous le
paraissez ; car, quoique je puisse me vanter
d'avoir vu une infinité de belles personnes,
je puis dire que je n'en ai jamais vu dont la
beauté approche de la vôtre. — Cela vous
plaît à dire, Monsieur », lui répondit la Princesse, et en demeure là. « La beauté, reprit
Riquet à la houppe, est un si grand avantage
qu'il doit tenir lieu de tout le reste ; et quand
on le possède, je ne vois pas qu'il y ait rien
qui puisse nous affliger beaucoup. — J'aimerais mieux, dit la Princesse, être aussi laide
que vous et avoir de l'esprit, que d'avoir de
la beauté comme j'en ai, et être bête autant
que je le suis. — Il n'y a rien, Madame, qui
marque davantage qu'on a de l'esprit, que de
croire n'en pas avoir, et il est de la nature de
ce bien-là, que plus on en a, plus on croit en
manquer. — Je ne sais pas cela, dit la Princesse, mais je sais bien que je suis fort bête,
et c'est de là que vient le chagrin qui me tue.
— Si ce n'est que cela, Madame, qui vous
afflige, je puis aisément mettre fin à votre

douleur. — Et comment ferez-vous? dit la
Princesse. — J'ai le pouvoir, Madame, dit
Riquet à la houppe, de donner de l'esprit
autant qu'on en saurait avoir à la personne
que je dois aimer le plus, et comme vous
êtes, Madame, cette personne, il ne tiendra
qu'à vous que vous n'ayez autant d'esprit
qu'on en peut avoir, pourvu que vous vouliez
bien m'épouser. » La Princesse demeura
toute interdite, et ne répondit rien. « Je vois,
reprit Riquet à la houppe, que cette proposition vous fait de la peine, et je ne m'en
étonne pas; mais je vous donne un an tout
entier pour vous y résoudre. » La Princesse
avait si peu d'esprit, et en même temps une
si grande envie d'en avoir, qu'elle s'imagina
que la fin de cette année ne viendrait jamais;
de sorte qu'elle accepta la proposition qui
lui était faite. Elle n'eut pas plus tôt promis à
Riquet à la houpe qu'elle l'épouserait dans
un an à pareil jour, qu'elle se sentit tout
autre qu'elle n'était auparavant; elle se
trouva une facilité incroyable à dire tout ce
qui lui plaisait, et à le dire d'une manière
fine, aisée et naturelle. Elle commença dès
ce moment une conversation galante et sou-
tenue avec Riquet à la houppe, où elle brilla
d'une telle force que Riquet à la houppe crut
lui avoir donné plus d'esprit qu'il ne s'en
était réservé pour lui-même. Quand elle fut
retournée au Palais, toute la Cour ne savait
que penser d'un changement si subit et si

extraordinaire, car autant qu'on lui avait ouï
dire d'impertinences auparavant, autant lui
entendait-on dire des choses bien sensées et
infiniment spirituelles. Toute la Cour en eut
une joie qui ne se peut imaginer ; il n'y eut
que sa cadette qui n'en fut pas bien aise,
parce que n'ayant plus sur son aînée l'avantage de l'esprit, elle ne paraissait plus
auprès d'elle qu'une Guenon fort désagréable. Le Roi se conduisait par ses avis, et
allait même quelquefois tenir le Conseil
dans son Appartement. Le bruit de ce changement s'étant répandu, tous les jeunes
Princes des Royaumes voisins firent leurs
efforts pour s'en faire aimer, et presque tous
la demandèrent en Mariage ; mais elle n'en
trouvait point qui eût assez d'esprit, et elle
les écoutait tous sans s'engager à pas un
d'eux. Cependant il en vint un si puissant, si
riche, si spirituel et si bien fait, qu'elle ne put
s'empêcher d'avoir de la bonne volonté pour
lui. Son père s'en étant aperçu lui dit qu'il la
faisait la maîtresse sur le choix d'un Époux,
et qu'elle n'avait qu'à se déclarer. Comme
plus on a d'esprit et plus on a de peine à
prendre une ferme résolution sur cette
affaire, elle demanda, après avoir remercié
son père, qu'il lui donnât du temps pour y
penser. Elle alla par hasard se promener
dans le même bois où elle avait trouvé
Riquet à la houppe, pour rêver plus commo-
dément à ce qu'elle avait à faire. Dans le

temps qu'elle se promenait, rêvant profondément, elle entendit un bruit sourd sous ses pieds, comme de plusieurs personnes qui vont et viennent et qui agissent. Ayant prêté l'oreille plus attentivement, elle ouït que l'un disait : « Apporte-moi cette marmite » ; l'autre : « Donne-moi cette chaudière » ; l'autre : « Mets du bois dans ce feu. » La terre s'ouvrit dans le même temps, et elle vit sous ses pieds comme une grande Cuisine pleine de Cuisiniers, de Marmitons et de toutes sortes d'Officiers nécessaires pour faire un festin magnifique. Il en sortit une bande de vingt ou trente Rôtisseurs, qui allèrent se camper dans une allée du bois autour d'une table fort longue, et qui tous, la lardoire à la main, et la queue de Renard sur l'oreille, se mirent à travailler en cadence au son d'une Chanson harmonieuse. La Princesse, étonnée de ce spectacle, leur demanda pour qui ils travaillaient. « C'est, Madame, lui répondit le plus apparent de la bande, pour le Prince Riquet à la houppe, dont les noces se feront demain. » La Princesse encore plus surprise qu'elle ne l'avait été, et se ressouvenant tout à coup qu'il y avait un an qu'à pareil jour elle avait promis d'épouser le Prince Riquet à la houppe, elle pensa tomber de son haut. Ce qui faisait qu'elle ne s'en souvenait pas, c'est que, quand elle fit cette promesse, elle était une bête, et qu'en prenant le nouvel esprit que le Prince lui

avait donné, elle avait oublié toutes ses sot-
tises. Elle n'eut pas fait trente pas en conti-
nuant sa promenade, que Riquet à la houppe
se présenta à elle, brave, magnifique, et
comme un Prince qui va se marier. « Vous
me voyez, dit-il, Madame, exact à tenir ma
parole, et je ne doute point que vous ne
veniez ici pour exécuter la vôtre, et me
rendre, en me donnant la main, le plus heureux de tous les hommes. — Je vous avouerai
franchement, répondit la Princesse, que je
n'ai pas encore pris ma résolution là-dessus,
et que je ne crois pas pouvoir jamais la
prendre telle que vous la souhaitez. — Vous
m'étonnez, Madame, lui dit Riquet à la
houppe. — Je le crois, dit la Princesse, et
assurément si j'avais affaire à un brutal, à
un homme sans esprit, je me trouverais bien
embarrassée. Une Princesse n'a que sa
parole, me dirait-il, et il faut que vous
m'épousiez, puisque vous me l'avez promis ;
mais comme celui à qui je parle est l'homme
du monde qui a le plus d'esprit, je suis sûre
qu'il entendra raison. Vous savez que, quand
je n'étais qu'une bête, je ne pouvais néanmoins me résoudre à vous épouser ; comment voulez-vous qu'ayant l'esprit que vous
m'avez donné, qui me rend encore plus difficile en gens que je n'étais, je prenne
aujourd'hui une résolution que je n'ai pu
prendre dans ce temps-là ? Si vous pensiez
tout de bon à m'épouser, vous avez eu grand

tort de m'ôter ma bêtise, et de me faire voir
plus clair que je ne voyais. — Si un homme
sans esprit, répondit Riquet à la houppe,
serait bien reçu, comme vous venez de le
dire, à vous reprocher votre manque de
parole, pourquoi voulez-vous, Madame, que
je n'en use pas de même, dans une chose où
il y va de tout le bonheur de ma vie ? Est-il
raisonnable que les personnes qui ont de
l'esprit soient d'une pire condition que ceux
qui n'en ont pas ? Le pouvez-vous prétendre,
vous qui en avez tant, et qui avez tant souhaité d'en avoir ? Mais venons au fait, s'il
vous plaît. A la réserve de ma laideur, y a-t-il
quelque chose en moi qui vous déplaise ?
Êtes-vous mal contente de ma naissance, de
mon esprit, de mon humeur, et de mes
manières ? — Nullement, répondit la Princesse, j'aime en vous tout ce que vous venez
de me dire. — Si cela est ainsi, reprit Riquet
à la houppe, je vais être heureux, puisque
vous pouvez me rendre le plus aimable de
tous les hommes. — Comment cela se peut-il
faire ? lui dit la Princesse. — Cela se fera,
répondit Riquet à la houppe, si vous
m'aimez assez pour souhaiter que cela soit ;
et afin, Madame, que vous n'en doutiez pas,
sachez que la même Fée qui au jour de ma
naissance me fit le don de pouvoir rendre
spirituelle la personne qu'il me plairait,
vous a aussi fait le don de pouvoir rendre
beau celui que vous aimerez, et à qui vous

voudrez bien faire cette faveur. — Si la chose
est ainsi, dit la Princesse, je souhaite de tout
mon cœur que vous deveniez le Prince du
monde le plus beau et le plus aimable; et je
vous en fais le don autant qu'il est en moi. »
La Princesse n'eut pas plus tôt prononcé ces
paroles, que Riquet à la houppe parut à ses
yeux l'homme du monde le plus beau, le
mieux fait et le plus aimable qu'elle eût
jamais vu. Quelques-uns assurent que ce ne
furent point les charmes de la Fée qui opé-
rèrent, mais que l'amour seul fit cette Métamorphose. Ils disent que la Princesse ayant
fait réflexion sur la persévérance de son
Amant, sur sa discrétion, et sur toutes les
bonnes qualités de son âme et de son esprit,
ne vit plus la difformité de son corps, ni la
laideur de son visage, que sa bosse ne lui
sembla plus que le bon air d'un homme qui
fait le gros dos, et qu'au lieu que jusqu'alors
elle l'avait vu boiter effroyablement, elle ne
lui trouva plus qu'un certain air penché qui
la charmait; ils disent encore que ses yeux,
qui étaient louches, ne lui parurent que
plus brillants, que leur dérèglement passa
dans son esprit pour la marque d'un violent
excès d'amour, et qu'enfin son gros nez
rouge eut pour elle quelque chose de Martial
et d'Héroïque. Quoi qu'il en soit, la Princesse
lui promit sur-le-champ de l'épouser,
pourvu qu'il en obtînt le consentement du
Roi son Père. Le Roi ayant su que sa fille

avait beaucoup d'estime pour Riquet à la houppe, qu'il connaissait d'ailleurs pour un Prince très spirituel et très sage, le reçut avec plaisir pour son gendre. Dès le lendemain les noces furent faites, ainsi que Riquet à la houppe l'avait prévu, et selon les ordres qu'il en avait donnés longtemps auparavant.

MORALITÉ

Ce que l'on voit dans cet écrit,
Est moins un conte en l'air que la vérité même;
Tout est beau dans ce que l'on aime,
Tout ce qu'on aime a de l'esprit.

AUTRE MORALITÉ

Dans un objet où la Nature,
Aura mis de beaux traits, et la vive peinture
D'un teint où jamais l'Art ne saurait arriver,
Tous ces dons pourront moins pour rendre un cœur
[sensible,
Qu'un seul agrément invisible
Que l'Amour y fera trouver.

LE
PETIT POUCET

Conte

Il était une fois un Bûcheron et une Bûcheronne qui avaient sept enfants tous Garçons.
L'aîné n'avait que dix ans, et le plus jeune n'en
avait que sept. On s'étonnera que le Bûcheron
ait eu tant d'enfants en si peu de temps ; mais
c'est que sa femme allait vite en besogne, et
n'en faisait pas moins que deux à la fois. Ils
étaient fort pauvres, et leurs sept enfants les
incommodaient beaucoup, parce qu'aucun
d'eux ne pouvait encore gagner sa vie. Ce qui
les chagrinait encore, c'est que le plus jeune
était fort délicat et ne disait mot : prenant
pour bêtise ce qui était une marque de la
bonté de son esprit. Il était fort petit, et quand
il vint au monde, il n'était guère plus gros que
le pouce, ce qui fit que l'on l'appela le petit
Poucet. Ce pauvre enfant était le souffre-dou-
leurs de la maison, et on lui donnait toujours
le tort. Cependant il était le plus fin, et le plus
avisé de tous ses frères, et s'il parlait peu, il
écoutait beaucoup. Il vint une année très
fâcheuse, et la famine fut si grande, que ces
pauvres gens résolurent de se défaire de leurs

enfants. Un soir que ces enfants étaient couchés, et que le Bûcheron était auprès du feu
avec sa femme, il lui dit, le cœur serré de
douleur : « Tu vois bien que nous ne pouvons
plus nourrir nos enfants ; je ne saurais les voir
mourir de faim devant mes yeux, et je suis
résolu de les mener perdre demain au bois, ce
qui sera bien aisé, car tandis qu'ils s'amuse-
ront à fagoter, nous n'avons qu'à nous enfuir
sans qu'ils nous voient. — Ah ! s'écria la
Bûcheronne,   pourrais-tu   bien   toi-même
mener perdre tes enfants ? » Son mari avait
beau lui représenter leur grande pauvreté, elle
ne pouvait y consentir ; elle était pauvre, mais
elle était leur mère. Cependant ayant considéré quelle douleur ce lui serait de les voir
mourir de faim, elle y consentit, et alla se
coucher en pleurant. Le petit Poucet ouït tout
ce qu'ils dirent, car ayant entendu de dedans
son lit qu'ils parlaient d'affaires, il s'était levé
doucement, et s'était glissé sous l'escabelle de
son père pour les écouter sans être vu. Il alla
se recoucher et ne dormit point le reste de la
nuit, songeant à ce qu'il avait à faire. Il se leva
de bon matin, et alla au bord d'un ruisseau où
il emplit ses poches de petits cailloux blancs,
et ensuite revint à la maison. On partit, et le
petit Poucet ne découvrit rien de tout ce qu'il
savait à ses frères. Ils allèrent dans une forêt
fort épaisse, où à dix pas de distance on ne se
voyait pas l'un l'autre. Le Bûcheron se mit à
couper du bois et ses enfants à ramasser les

broutilles pour faire des fagots. Le père et la mère, les voyant occupés à travailler, s'éloignèrent d'eux insensiblement, et puis s'enfuirent tout à coup par un petit sentier détourné. Lorsque ces enfants se virent seuls, ils se mirent à crier et à pleurer de toute leur force. Le petit Poucet les laissait crier, sachant bien par où il reviendrait à la maison ; car en marchant il avait laissé tomber le long du chemin les petits cailloux blancs qu'il avait dans ses poches. Il leur dit donc : « Ne craignez point, mes frères ; mon Père et ma Mère nous ont laissés ici, mais je vous remènerai bien au logis, suivez-moi seulement. » Ils le suivirent, et il les mena jusqu'à leur maison par le même chemin qu'ils étaient venus dans la forêt. Ils n'osèrent d'abord entrer, mais ils se mirent tous contre la porte pour écouter ce que disaient leur Père et leur Mère.

Dans le moment que le Bûcheron et la Bûcheronne arrivèrent chez eux, le Seigneur du Village leur envoya dix écus qu'il leur devait il y avait longtemps, et dont ils n'espéraient plus rien. Cela leur redonna la vie, car les pauvres gens mouraient de faim. Le Bûcheron envoya sur l'heure sa femme à la Boucherie. Comme il y avait longtemps qu'elle n'avait mangé, elle acheta trois fois plus de viande qu'il n'en fallait pour le souper de deux personnes. Lorsqu'ils furent rassasiés, la Bûcheronne dit : « Hélas ! où sont maintenant nos pauvres enfants ? Ils feraient bonne

chère de ce qui nous reste là. Mais aussi,
Guillaume, c'est toi qui les as voulu perdre ;
j'avais bien dit que nous nous en repentirions.
Que font-ils maintenant dans cette Forêt ?
Hélas ! mon Dieu, les Loups les ont peut-être
déjà mangés ! Tu es bien inhumain d'avoir
perdu ainsi tes enfants. » Le Bûcheron s'impatienta à la fin, car elle redit plus de vingt fois
qu'ils s'en repentiraient et qu'elle l'avait bien
dit. Il la menaça de la battre si elle ne se
taisait. Ce n'est pas que le Bûcheron ne fût
peut-être encore plus fâché que sa femme,
mais c'est qu'elle lui rompait la tête, et qu'il
était de l'humeur de beaucoup d'autres gens,
qui aiment fort les femmes qui disent bien,
mais qui trouvent très importunes celles qui
ont toujours bien dit. La Bûcheronne était
toute en pleurs : « Hélas ! où sont maintenant
mes enfants, mes pauvres enfants ? » Elle le
dit une fois si haut que les enfants qui étaient à
la porte, l'ayant entendu, se mirent à crier
tous ensemble : « Nous voilà, nous voilà. »
Elle courut vite leur ouvrir la porte, et leur dit
en les embrassant : « Que je suis aise de vous
revoir, mes chers enfants ! Vous êtes bien las,
et vous avez bien faim ; et toi Pierrot, comme
te voilà crotté, viens que je te débarbouille. »
Ce Pierrot était son fils aîné qu'elle aimait
plus que tous les autres, parce qu'il était un
peu rousseau, et qu'elle était un peu rousse. Ils
se mirent à Table, et mangèrent d'un appétit
qui faisait plaisir au Père et à la Mère, à qui ils

racontaient la peur qu'ils avaient eue dans la
Forêt en parlant presque toujours tous
ensemble. Ces bonnes gens étaient ravis de
revoir leurs enfants avec eux, et cette joie dura
tant que les dix écus durèrent. Mais lorsque
l'argent fut dépensé, ils retombèrent dans leur
premier chagrin, et résolurent de les perdre
encore, et pour ne pas manquer leur coup, de
les mener bien plus loin que la première fois.
Ils ne purent parler de cela si secrètement
qu'ils ne fussent entendus par le petit Poucet,
qui fit son compte de sortir d'affaire comme il
avait déjà fait ; mais quoiqu'il se fût levé de
bon matin pour aller ramasser des petits cailloux, il ne put en venir à bout, car il trouva la
porte de la maison fermée à double tour. Il ne
savait que faire, lorsque la Bûcheronne leur
ayant donné à chacun un morceau de pain
pour leur déjeuner, il songea qu'il pourrait se
servir de son pain au lieu de cailloux en le
jetant par miettes le long des chemins où ils
passeraient ; il le serra donc dans sa poche. Le
Père et la Mère les menèrent dans l'endroit de
la Forêt le plus épais et le plus obscur, et dès
qu'ils y furent, ils gagnèrent un faux-fuyant et
les laissèrent là. Le petit Poucet ne s'en cha-
grina pas beaucoup, parce qu'il croyait retrouver aisément son chemin par le moyen de
son pain qu'il avait semé partout où il avait
passé ; mais il fut bien surpris lorsqu'il ne put
en retrouver une seule miette ; les Oiseaux
étaient venus qui avaient tout mangé. Les

voilà donc bien affligés, car plus ils marchaient, plus ils s'égaraient et s'enfonçaient
dans la Forêt. La nuit vint, et il s'éleva un
grand vent qui leur faisait des peurs épouvan-
tables. Ils croyaient n'entendre de tous côtés
que des hurlements de Loups qui venaient à
eux pour les manger. Ils n'osaient presque se
parler ni tourner la tête. Il survint une grosse
pluie qui les perça jusqu'aux os; ils glissaient
à chaque pas et tombaient dans la boue, d'où
ils se relevaient tout crottés, ne sachant que
faire de leurs mains. Le petit Poucet grimpa
au haut d'un Arbre pour voir s'il ne découvri-
rait rien; ayant tourné la tête de tous côtés, il
vit une petite lueur comme d'une chandelle,
mais qui était bien loin par-delà la Forêt. Il
descendit de l'arbre; et lorsqu'il fut à terre, il
ne vit plus rien; cela le désola. Cependant,
ayant marché quelque temps avec ses frères
du côté qu'il avait vu la lumière, il la revit en
sortant du Bois. Ils arrivèrent enfin à la maison où était cette chandelle, non sans bien des
frayeurs, car souvent ils la perdaient de vue,
ce qui leur arrivait toutes les fois qu'ils des-
cendaient dans quelques fonds. Ils heurtèrent
à la porte, et une bonne femme vint leur
ouvrir. Elle leur demanda ce qu'ils voulaient;
le petit Poucet lui dit qu'ils étaient de pauvres
enfants qui s'étaient perdus dans la Forêt, et
qui demandaient à coucher par charité. Cette
femme les voyant tous si jolis se mit à pleurer,
et leur dit : « Hélas! mes pauvres enfants, où

êtes-vous venus ? Savez-vous bien que c'est ici la maison d'un Ogre qui mange les petits enfants ? — Hélas ! Madame, lui répondit le petit Poucet, qui tremblait de toute sa force aussi bien que ses frères, que ferons-nous ? Il est bien sûr que les Loups de la Forêt ne manqueront pas de nous manger cette nuit, si vous ne voulez pas nous retirer chez vous. Et cela étant, nous aimons mieux que ce soit Monsieur qui nous mange ; peut-être qu'il aura pitié de nous, si vous voulez bien l'en prier. » La femme de l'Ogre qui crut qu'elle pourrait les cacher à son mari jusqu'au lendemain matin, les laissa entrer et les mena se chauffer auprès d'un bon feu ; car il y avait un Mouton tout entier à la broche pour le souper de l'Ogre. Comme ils commençaient à se chauffer, ils entendirent heurter trois ou quatre grands coups à la porte : c'était l'Ogre qui revenait. Aussitôt sa femme les fit cacher sous le lit et alla ouvrir la porte. L'Ogre demanda d'abord si le souper était prêt, et si on avait tiré du vin, et aussitôt se mit à table. Le Mouton était encore tout sanglant, mais il ne lui en sembla que meilleur. Il fleurait à droite et à gauche, disant qu'il sentait la chair fraîche. « Il faut, lui dit sa femme, que ce soit ce Veau que je viens d'habiller que vous sentez. — Je sens la chair fraîche, te dis-je encore une fois, reprit l'Ogre, en regardant sa femme de travers, et il y a ici quelque chose que je n'entends pas. » En disant ces mots, il se leva de Table, et alla droit au lit. « Ah, dit-il, voilà donc comme tu veux me tromper, maudite femme ! Je ne sais à quoi il tient que je ne te mange aussi ; bien t'en prend d'être une vieille bête. Voilà du Gibier qui me vient bien à propos pour traiter trois Ogres de mes amis qui doivent me venir voir ces jours ici. » Il les tira de dessous le lit l'un après l'autre. Ces pauvres enfants se mirent à genoux en lui demandant pardon ; mais ils avaient à faire au plus cruel de tous les Ogres, qui bien loin d'avoir de la pitié les dévorait déjà des yeux, et disait à sa femme que ce serait là de friands morceaux lorsqu'elle leur aurait fait une bonne sauce. Il alla prendre un grand Couteau, et en approchant de ces pauvres enfants, il l'aiguisait sur une longue pierre qu'il tenait à sa main gauche. Il en avait déjà empoigné un, lorsque sa femme lui dit : « Que voulez-vous faire à l'heure qu'il est ? n'aurez-vous pas assez de temps demain matin ? — Tais-toi, reprit l'Ogre, ils en seront plus mortifiés. — Mais vous avez encore là tant de viande, reprit sa femme ; voilà un Veau, deux Moutons et la moitié d'un Cochon ! — Tu as raison, dit l'Ogre ; donne-leur bien à souper, afin qu'ils ne maigrissent pas, et va les mener coucher. » La bonne femme fut ravie de joie, et leur porta bien à souper, mais ils ne purent manger tant ils étaient saisis de peur. Pour l'Ogre, il se remit à boire, ravi d'avoir de quoi si bien régaler ses Amis. Il but une douzaine de coups plus qu'à l'ordinaire, ce qui lui donna un peu dans la tête, et l'obligea de s'aller coucher.

L'Ogre avait sept filles, qui n'étaient encore que des enfants. Ces petites Ogresses avaient toutes le teint fort beau, parce qu'elles mangeaient de la chair fraîche comme leur père ; mais elles avaient de petits yeux gris et tout ronds, le nez crochu et une fort grande bouche avec de longues dents fort aiguës et fort éloignées l'une de l'autre. Elles n'étaient pas encore fort méchantes ; mais elles promettaient beaucoup, car elles mordaient déjà les petits enfants pour en sucer le sang. On les avait fait coucher de bonne heure, et elles étaient toutes sept dans un grand lit, ayant chacune une Couronne d'or sur la tête. Il y avait dans la même Chambre un autre lit de la même grandeur ; ce fut dans ce lit que la femme de l'Ogre mit coucher les sept petits garçons ; après quoi, elle s'alla coucher auprès de son mari. Le petit Poucet qui avait remarqué que les filles de l'Ogre avaient des Couronnes d'or sur la tête, et qui craignait qu'il ne prît à l'Ogre quelque remords de ne les avoir pas égorgés dès le soir même, se leva vers le milieu de la nuit, et prenant les bonnets de ses frères et le sien, il alla tout doucement les mettre sur la tête des sept filles de l'Ogre, après leur avoir ôté leurs Couronnes d'or qu'il mit sur la tête de ses frères et sur la sienne, afin que l'Ogre les prît pour ses filles, et ses filles pour les garçons qu'il voulait égorger. La chose réussit comme il l'avait pensé; car l'Ogre s'étant éveillé sur le minuit eut regret d'avoir différé au lendemain ce qu'il pouvait exécuter la veille; il se jeta donc brusquement hors du lit, et prenant son grand Couteau : « Allons voir, dit-il, comment se portent nos petits drôles; n'en faisons pas à deux fois. » Il monta donc à tâtons à la Chambre de ses filles et s'approcha du lit où étaient les petits garçons, qui dormaient tous, excepté le petit Poucet, qui eut bien peur lorsqu'il sentit la main de l'Ogre qui lui tâtait la tête, comme il avait tâté celles de tous ses frères. L'Ogre, qui sentit les Couronnes d'or : « Vraiment, dit-il, j'allais faire là un bel ouvrage; je vois bien que je bus trop hier au soir. » Il alla ensuite au lit de ses filles, où ayant senti les petits bonnets des garçons : « Ah! les voilà, dit-il, nos gaillards! travaillons hardiment. » En disant ces mots, il coupa sans balancer la gorge à ses sept filles. Fort content de cette expédition, il alla se recoucher auprès de sa femme. Aussitôt que le petit Poucet entendit ronfler l'Ogre, il réveilla ses frères, et leur dit de s'habiller promptement et de le suivre. Ils descendirent doucement dans le jardin, et sautèrent par-dessus les murailles. Ils coururent presque toute la nuit, toujours en tremblant et sans savoir où ils allaient. L'Ogre s'étant éveillé dit à sa femme : « Va-t'en là-haut habiller ces petits drôles d'hier au soir. » L'Ogresse fut fort étonnée de la bonté de son mari, ne se doutant point de la manière qu'il entendait qu'elle les habillât, et croyant qu'il lui ordonnait de les aller vêtir, elle monta en haut où elle fut bien surprise lorsqu'elle aperçut ses sept filles égorgées et nageant dans leur sang. Elle commença par s'évanouir (car c'est le premier expédient que trouvent presque toutes les femmes en pareilles rencontres). L'Ogre, craignant que sa femme ne fût trop longtemps à faire la besogne dont il l'avait chargée, monta en haut pour lui aider. Il ne fut pas moins étonné que sa femme lorsqu'il vit cet affreux spectacle. « Ah ! qu'ai-je fait là ? s'écria-t-il. Ils me le payeront, les malheureux, et tout à l'heure. » Il jeta aussitôt une potée d'eau dans le nez de sa femme et l'ayant fait revenir : « Donne-moi vite mes bottes de sept lieues, lui dit-il, afin que j'aille les attraper. » Il se mit en campagne, et après avoir couru bien loin de tous côtés, enfin il entra dans le chemin où marchaient ces pauvres enfants qui n'étaient plus qu'à cent pas du logis de leur père. Ils virent l'Ogre qui allait de montagne en montagne, et qui traversait des rivières aussi aisément qu'il aurait fait le moindre ruisseau. Le petit Poucet, qui vit un Rocher creux proche le lieu où ils étaient, y fit cacher ses six frères, et s'y fourra aussi, regardant toujours ce que l'Ogre deviendrait. L'Ogre qui se trouvait fort las du long chemin qu'il avait fait inutilement (car les bottes de sept lieues fatiguent fort leur homme), voulut se reposer, et par hasard il alla s'asseoir sur la roche où les petits garçons s'étaient cachés. Comme il n'en pouvait plus de fatigue, il s'endormit après s'être reposé quelque temps, et vint à ronfler si effroyablement que les pauvres enfants n'en eurent pas moins de peur que quand il tenait son grand Couteau pour leur couper la gorge. Le petit Poucet en eut moins de peur, et dit à ses frères de s'enfuir promptement à la maison pendant que l'Ogre dormait bien fort, et qu'ils ne se missent point en peine de lui. Ils crurent son conseil, et gagnèrent vite la maison. Le petit Poucet s'étant approché de l'Ogre lui tira doucement ses bottes, et les mit aussitôt. Les bottes étaient fort grandes et fort larges ; mais comme elles étaient Fées, elles avaient le don de s'agrandir et de s'apetisser selon la jambe de celui qui les chaussait, de sorte qu'elles se trouvèrent aussi justes à ses pieds et à ses jambes que si elles avaient été faites pour lui. Il alla droit à la maison de l'Ogre où il trouva sa femme qui pleurait auprès de ses filles égorgées. « Votre mari, lui dit le petit Poucet, est en grand danger ; car il a été pris par une troupe de Voleurs qui ont juré de le tuer s'il ne leur donne tout son or et tout son argent. Dans le moment qu'ils lui tenaient le poignard sur la gorge, il m'a aperçu et m'a prié de vous venir avertir de l'état où il est, et de vous dire de me donner tout ce qu'il a vaillant sans en rien retenir, parce qu'autrement ils le tueront sans miséricorde. Comme la chose presse beaucoup, il a voulu que je prisse ses bottes de sept lieues que voilà pour faire diligence, et aussi afin que vous ne croyiez pas que je sois un affronteur. » La bonne femme fort effrayée lui donna aussitôt tout ce qu'elle avait : car cet Ogre ne laissait pas d'être fort bon mari, quoiqu'il mangeât les petits enfants. Le petit Poucet étant donc chargé de toutes les richesses de l'Ogre s'en revint au logis de son père, où il fut reçu avec bien de la joie.

Il y a bien des gens qui ne demeurent pas d'accord de cette dernière circonstance, et qui prétendent que le petit Poucet n'a jamais fait ce vol à l'Ogre ; qu'à la vérité, il n'avait pas fait conscience de lui prendre ses bottes de sept lieues, parce qu'il ne s'en servait que pour courir après les petits enfants. Ces gens-là assurent le savoir de bonne part, et même pour avoir bu et mangé dans la maison du Bûcheron. Ils assurent que lorsque le petit Poucet eut chaussé les bottes de l'Ogre, il s'en alla à la Cour, où il savait qu'on était fort en peine d'une Armée qui était à deux cents lieues de là, et du succès d'une Bataille qu'on avait donnée. Il alla, disent-ils, trouver le Roi, et lui dit que s'il le souhaitait, il lui rapporterait des nouvelles de l'Armée avant la fin du jour. Le Roi lui promit une grosse somme d'argent s'il en venait à bout. Le petit Poucet rapporta des nouvelles dès le soir même, et cette première course l'ayant fait connaître, il gagnait tout ce qu'il voulait ; car le Roi le

payait parfaitement bien pour porter ses
ordres à l'Armée, et une infinité de Dames lui
donnaient tout ce qu'il voulait pour avoir des
nouvelles de leurs Amants, et ce fut là son plus
grand gain. Il se trouvait quelques femmes qui
le chargeaient de Lettres pour leurs maris,
mais elles le payaient si mal, et cela allait à si
peu de chose, qu'il ne daignait mettre en ligne
de compte ce qu'il gagnait de ce côté-là. Après
avoir fait pendant quelque temps le métier de
courrier, et y avoir amassé beaucoup de bien,
il revint chez son père, où il n'est pas possible
d'imaginer la joie qu'on eut de le revoir. Il mit
toute sa famille à son aise. Il acheta des
Offices de nouvelle création pour son père et
pour ses frères ; et par là il les établit tous, et
fit parfaitement bien sa Cour en même temps.

MORALITÉ

On ne s'afflige point d'avoir beaucoup d'enfants,
  Quand ils sont tous beaux, bien faits et bien grands,
   Et d'un extérieur qui brille ;
  Mais si l'un d'eux est faible ou ne dit mot,
  On le méprise, on le raille, on le pille ;
Quelquefois cependant c'est ce petit marmot
Qui fera le bonheur de toute la famille.

Annexes

LE MIROIR
ou la *Métamorphose d'Orante*

Je me trouvai il y a quelques jours dans une compagnie, où la Conversation s'étant tournée insensiblement sur ces descriptions galantes et ingénieuses que plusieurs personnes ont faites d'elles-mêmes, ou de leurs amis, et qui ont couru par le monde sous le nom de Portraits, il s'en dit cent choses jolies et curieuses.

On parla de la différence des bons, et des mauvais; des qualités nécessaires à ceux qui se mêlent d'en faire; et ensuite de ceux qui avaient réussi dans ce genre d'écrire. Ce fut un bonheur à l'illustre Sapho de ne s'être pas rencontrée dans cette conversation; car, de la manière que chacun se mit à dire du bien de ceux qu'elle a faits, sa modestie eût eu bien à souffrir. Je sais qu'on ne s'avise guère de dire rien de semblable où elle est; mais je ne suis pas assuré que la crainte de lui déplaire eût pu nous empêcher de la louer en sa présence de ces sortes de choses. Quoi qu'il en soit, ce qui fut dit me plut infiniment, et surtout je fus charmé d'une petite histoire qu'un homme de la compagnie nous fit sur ce sujet le plus à propos, et le plus galamment qu'il est possible.

« Voyez-vous ce grand faiseur de Portraits? nous dit-il en nous montrant le miroir de la Chambre où nous étions. Ce fut en son temps un des hommes du monde qui excella le plus en cette sorte d'ouvrages, et qui eut assurément la plus grande réputation avant qu'il fût métamorphosé. C'est dommage qu'on n'ait pu conserver jusqu'à nous aucun des portraits qu'il fit durant sa vie; mais on n'a jamais pu en garder un seul : il se contentait de les montrer aux personnes qu'il dépeignait, et soit qu'il fût trop paresseux, soit aussi qu'il appréhendât de passer pour Auteur, il observait exactement de n'en donner jamais de copie. »

Cette vision nous parut plaisante, et chacun témoignant souhaiter d'apprendre les particularités d'une telle Métamorphose, toute la compagnie le conjura d'en faire le récit.

« Il y a peu de personnes, poursuivit-il, qui puissent mieux que moi satisfaire votre curiosité, et vous conter exactement l'histoire que vous me demandez, parce qu'il n'y a pas encore trois jours que je l'ai lue. Elle est d'un Auteur Vénitien, peu connu à la vérité, mais qui ne le cède assurément à pas un autre de sa Nation, pour avoir des imaginations plaisantes et extraordinaires. Cette histoire est écrite en Prose, mêlée de quelques Vers que j'ai pris plaisir à traduire en notre Langue, et dont je pourrai bien me souvenir. Voici comment il la raconte.

Le Miroir que nous avons aujourd'hui parmi nous, fut autrefois un homme fort galant, fort propre, et fort poli, qui se nommait Orante, et qui se rendit considérable dans le monde par le talent extraordinaire qu'il avait de faire des Descriptions naïves, et agréables de toutes choses. Les louanges qu'il en reçut, firent qu'il s'occupa avec plaisir à faire le portrait de beaucoup de personnes qui ne pouvaient assez admirer comment il pouvait composer des Ouvrages si beaux et si finis en si peu de temps : car bien loin d'y employer des mois entiers, comme la plupart de ceux qui s'en mêlent, il les composait tous sur-le-champ et sans aucune préméditation, tellement que ceux qui voulaient avoir leur portrait, n'avaient qu'à se montrer à lui, et c'était fait en un moment. Il avait encore une adresse admirable, et toute singulière ; c'est qu'il faisait le portrait du corps et de l'esprit tout ensemble : je veux dire qu'en dépeignant le corps il en exprimait si bien tous les mouvements et toutes les actions, qu'il donnait à connaître parfaitement l'esprit qui l'animait. En représentant les yeux d'une femme, il en remarquait si exactement la manière de se mouvoir et de regarder, qu'on jugeait sans

peine si elle était prude, ou coquette ; stupide, ou spirituelle ; mélancolique, ou
enjouée, et enfin quel était le véritable caractère de son esprit.

Cette perfection qu'avait Orante de bien
représenter, était assurément inconcevable.
Mais certes l'on pouvait dire que hors ce
talent particulier, il n'était bon à rien. Ceux
qui l'examinèrent soigneusement trouvèrent
que cette étrange inégalité venait de ce
qu'ayant l'imagination excellente, il n'avait
ni mémoire, ni jugement ; et en effet il ne se
souvenait jamais de rien, et sitôt que les
choses étaient hors de devant lui, elles s'effa-
çaient entièrement de sa mémoire. Pour le
jugement c'était encore pis ; il ne pouvait
rien celer de ce qu'il savait : quelque personne qui se présentât devant lui, il lui rompait en visière, il lui disait à son nez toutes
ses vérités ; et sans faire aucune distinction
de celles qui sont bonnes à dire, d'avec celles
qu'il faut taire, il appuyait aussi fortement
sur les choses du monde les plus outra-
geantes que sur celles qui pouvaient le plus
obliger.

Orante avait trois frères, qui se mêlaient
comme lui de faire des portraits et des descriptions de toutes choses, mais il s'en fallait
beaucoup qu'ils fussent si bien faits, ni si
habiles que leur aîné. Deux de ces frères
étaient tout ronds et fort bossus, l'un par-
devant, et l'autre par-derrière ; et le troi-

sième était tellement contraint dans sa taille, qu'il semblait avoir un bâton fiché dans le corps. Celui qui était bossu par-derrière faisait toujours les choses plus grandes qu'elles n'étaient, et comme il était d'un naturel fort ardent, il prenait feu tout à l'heure, et s'emportait étrangement dans l'hyperbole; si bien qu'on pouvait dire de lui avec justice, qu'il faisait un Géant d'un Pyg-mée, et d'une Mouche un Éléphant. Le bossu par-devant était d'une humeur toute contraire, et n'avait point de plus grand plaisir que d'apetisser et amoindrir tout ce qu'il dépeignait. Il y avait encore cette dif-férence en leurs manières, que le premier était un peu confus et tombait souvent dans le galimatias pour vouloir trop exagérer, et que le second était fort exact, et représentait tout avec une netteté admirable. Pour le troisième, il était encore plus bizarre que ces deux-ci : quand on lui donnait à tirer le portrait de quelque chose de fort régulier, il en faisait un monstre, où l'on ne connaissait rien ; et quand on lui présentait quelque chose de bien difforme, il se mettait souvent en humeur de l'embellir, et s'y mettait quel-quefois à tel point, qu'il en faisait un portrait tout à fait agréable. Ces trois frères quoique fort adroits et fort singuliers en leurs ouvrages, n'étaient néanmoins bons à voir qu'une fois, ou deux, par curiosité, et leur entretien devenait ennuyeux quand on

demeurait longtemps en leur compagnie.
Comme ils étaient assez éclairés tous trois,
ils s'aperçurent aisément qu'ils n'étaient pas
bien venus dans le beau monde, tellement
qu'ils se retirèrent chez les curieux, qui les
avaient en grande estime, et qui les reçurent
dans leurs cabinets avec bien de la joie. Là
ils s'appliquèrent entièrement aux Mathé-
matiques, où en peu de temps ils firent des
merveilles, et apprirent même aux plus
savants mille secrets admirables.

Pendant que ces trois frères devenus
Mathématiciens fréquentaient les cabinets
des curieux, où ils demeuraient nuit et jour
attachés, leur aîné ne bougeait des cabinets
des Dames, de leurs alcôves, et de leurs
ruelles, où il occupait toujours la plus belle
et la meilleure place. On s'étonnait assez de
le voir si bien venu chez elles, vu l'étrange
liberté qu'il se donnait de leur dire toutes
choses ; mais il était en possession d'en user
de la sorte, et elles souffraient de lui ce
qu'elles auraient trouvé mauvais de tout
autre. Elles eussent véritablement bien souhaité qu'il se fût corrigé de cette naïveté trop
grande avec laquelle il leur reprochait leurs
défauts ; mais il n'était pas en son pouvoir de
rien dissimuler, ou du moins c'était une
faveur qu'on obtenait si rarement de lui,
qu'une femme s'estimait tout à fait heureuse
quand elle pouvait le rencontrer en humeur
de la flatter un peu. Ce qui était assez surpre-

nant, c'est que ces mêmes femmes qui le connaissaient pour avoir peu de jugement, le consultaient néanmoins sur mille choses, dont elles auraient été bien fâchées de rien résoudre sans son avis. Elles se remettaient entièrement à lui de leur contenance et de leur geste, du choix de leurs habits, et de leurs coiffures, dont il ordonnait souverainement; de sorte qu'elles n'auraient pas attaché un ruban, ni mis une mouche qu'il ne l'eût approuvé : et sans mentir il décidait si pertinemment de la bonne grâce, et des ajustements, qu'on remarquait une notable différence entre les personnes qui s'étaient servies de ses conseils, et celles qui les avaient négligés. Malgré son peu de jugement, il était encore fort raisonnable en une chose où les plus sages manquent souvent : c'est que lorsqu'il entretenait une Dame, il la cajolait selon sa beauté : il ne s'emportait point dans la dernière flatterie, et jamais il ne s'avisait de persuader à une personne médiocrement belle, qu'elle l'était infiniment. Cette matière de s'exprimer, simple et naïve, lui réussissait si bien qu'on demeurait d'accord de tout ce qu'il disait; et comme il n'avançait rien que de vraisemblable, il n'avait point le déplaisir d'entendre une femme lui reprocher qu'il la prenait pour une autre ou qu'il se moquait d'elle. Il avait avec cela une excellente qualité pour plaire à celles qui le voyaient; c'est qu'il les entretenait toujours d'elles-mêmes, et jamais de la beauté des autres ; mais rien n'était plus agréable que lui, lorsqu'il se trouvait auprès d'une personne parfaitement belle. Il la représentait si bien avec tous ses attraits et tous ses charmes, que l'on croyait la voir ; et certes de la sorte qu'il avait soin d'en remarquer les moindres traits, et les plus petites actions, on eût dit qu'il en était passionnément amoureux, et que l'image de cette aimable personne était profondément gravée dans son cœur. Cependant elle n'était pas plus tôt hors de devant lui, qu'il ne s'en souvenait plus, et si une autre femme également belle se présentait un moment après, il lui disait les mêmes choses, et n'en paraissait pas moins passionné, quoique peut-être il ne l'eût jamais vue que cette fois-là. La vérité est qu'il était fort inconstant, et que personne n'a jamais été si susceptible que lui de différentes et nouvelles impressions. Cette mauvaise qualité n'empêcha pas néanmoins qu'il ne fût fort considéré de beaucoup de Dames qui se souciaient peu de ce qu'il disait aux autres, pourvu qu'il ne leur dît rien que d'obligeant. Surtout il fut aimé tendrement d'une jeune personne fort galante, et qui était sans doute une des plus belles de son siècle.

On tient que les personnes qui s'aiment beaucoup elles-mêmes, n'ont jamais de fortes passions pour les autres : parce que le

cœur n'ayant qu'un certain fonds d'amour
précis et limité, il ne peut pas fournir à la
poursuite de deux différents objets en même
temps. Cette maxime, qui se trouve si véritable en mille rencontres, ne le fut point en
celle-ci ; et la belle Caliste, qui est celle dont
nous parlons, quoiqu'elle eût pour elle-
même tout l'amour et toute la complaisance
imaginable, ne fut pas exempte néanmoins
d'une autre affection très violente : au
contraire cette complaisance qu'elle eut
pour sa personne, augmenta celle qu'elle eut
pour son Amant ; et l'on peut dire que
l'amour-propre qui détruit ordinairement
toutes les autres amours, fit naître dans son
cœur celle qu'elle eut pour Orante. Il serait
malaisé de remarquer précisément la naissance de cette affection : tout ce qu'on en
peut assurer, c'est qu'elle commença dès son
enfance, et qu'elle s'accrut avec l'âge, et à
mesure que sa beauté s'augmentait. Ce qui
la disposa davantage à l'aimer, c'est qu'il fut
un des premiers qui la cajola, et qui dans un
temps où peu de gens la regardaient encore,
lui assura qu'elle était aimable, et qu'on
avait tort de ne lui en rien dire : mais ce qui
acheva de la gagner entièrement, ce fut un
portrait admirable qu'il fit de sa jeune Maîtresse, un jour qu'elle se trouva beaucoup
plus belle qu'elle ne l'avait encore été.
Depuis ce temps-là elle rechercha tellement
toutes les occasions de le revoir, que chacun

s'aperçut de l'empressement qu'elle avait
pour s'entretenir avec lui. Ce qui confirma
davantage l'opinion qu'on avait conçue de
cette amitié naissante, fut qu'un jour Caliste
étant entrée dans une chambre où était
Orante, et où il avait pris sa place entre deux
fenêtres, qui était une place qu'il affectait
fort, soit que la lumière lui fît mal, soit qu'il
fût assez coquet pour chercher l'ombre, elle
s'alla mettre vis-à-vis de lui, sans songer
qu'elle s'exposait elle-même au grand jour
qu'elle avait évité jusqu'alors, avec un soin
qui n'est pas concevable ; mais elle ne pen-
sait qu'à se placer en un lieu d'où elle pût
bien voir son cher Orante, et le contempler à
son aise. Depuis qu'elle fut entrée jusques à
ce qu'elle sortit, elle ne leva pas les yeux de
dessus lui, et bien que quelques personnes
lui en fissent la guerre, elle ne put s'en
empêcher : il lui arriva même bien des fois
de répondre hors de propos à ce qu'on lui
demandait, parce qu'elle était trop attentive
à lui parler des yeux, et à écouter en même
temps ce qu'il lui disait. Cependant leur
entretien était pour lors assez commun, et à
dire le vrai :

> Ce n'était qu'une bagatelle
> Qu'il répéta plus de cent fois,
> Mais, qui la charmait toutefois,
> Et lui semblait toujours nouvelle ;
> Il lui disait qu'elle était belle.

La passion de l'aimable Caliste s'accrut si fort avec le temps, qu'elle ne pouvait plus abandonner son cher Orante; elle voulut qu'il s'attachât à elle absolument, et qu'il la suivît partout où elle irait, de sorte que bien des gens disaient assez plaisamment qu'elle l'avait toujours pendu à sa ceinture. Quoi qu'il en soit, il est constant qu'on les a trouvés cent fois seuls, et tête à tête dans une chambre, où ils passaient des jours presque entiers à s'entretenir, sans qu'il parût que la Dame se fût ennuyée. Un de ses Amants fort jaloux, et fort emporté de son naturel en pensa mourir de dépit, un jour qu'il les surprit ensemble. La porte de la chambre était entrouverte, et ils étaient placés de telle manière, qu'il voyait sa Maîtresse sans qu'il pût voir celui qui était avec elle; il jugea seulement qu'elle était en conversation galante avec quelqu'un, et quoiqu'il n'ouît pas ce qu'elle disait, parce qu'il était trop éloigné, il le conjectura ainsi par les différents mouvements de son visage, de ses mains, de ses bras, et de toute sa personne.

> *Quelquefois paisible et tranquille*
> *Elle se tenait immobile,*
> *Et semblait écouter avec attachement;*
> *D'autres fois on eût dit, en la voyant sourire,*
> *Qu'elle approuvait obligeamment*
> *Les galantes douceurs qu'on venait de lui dire.*

Tantôt ses beaux yeux adorables
  A tous les cœurs si redoutables,
D'un noble et digne orgueil paraissaient animés :
Tantôt ces mêmes yeux quittant leur humeur

                                              [fière,
  Languissants et demi fermés,
Jetaient négligemment de longs traits de lumière.

  Quelquefois sa bouche incarnate,
    D'une manière délicate,
Exprimait de son cœur les tendres mouvements,
Et tâchait de se rendre encore plus aimable
    Par mille petits agréments
Que formait tout autour un souris agréable.

  Tantôt son front chaste et sévère
    Se montrait ému de colère,
Comme si son Amant en eût un peu trop dit,
Tantôt s'adoucissant elle semblait se rendre,
    Et d'un air assez interdit :
Commander qu'il se tût, et souhaiter l'entendre.

  D'une honte discrète, et sage
    Le feu lui montait au visage,
Qu'elle voulait cacher en y portant la main;
Mais un petit soupir vrai témoin de sa flamme,
    S'étant échappé de son sein,
Découvrait en passant le secret de son âme.

   Quoique toutes ces actions tendres et pas-
sionnées ne voulussent rien dire, et que
l'aimable Caliste n'entretînt de la sorte

Orante, que par pur divertissement, et seulement pour savoir de lui si elle s'y prenait de bonne grâce. Le jaloux néanmoins qui crut que c'était tout de bon, ne peut se tenir d'éclater, et tout impatient de voir ce fortuné rival qu'il haïssait déjà sans le connaître, entre brusquement dans la chambre, le visage en feu, les yeux égarés, et avec la démarche d'un homme furieux et tout hors de soi ; mais il fut bien surpris lorsqu'il vit qu'Orante était le Galant avec qui sa Maîtresse s'entretenait ainsi. Il n'en fut pas fâché, à dire le vrai : car bien qu'Orante fût très aimable, et de très bonne mine, on ne s'alarmait pas de le voir seul avec une Dame : il avait assez d'entretien, mais c'était tout, et dans l'obscurité même où les Amants sont le plus dangereux et le plus entreprenants, on savait qu'il n'était pas capable de rien oser ; de sorte qu'il passait bien souvent les nuits dans la chambre des Dames, sans que néanmoins on en soupçonnât rien à leur désavantage.

Orante sans s'étonner le moins du monde se moqua plaisamment de l'incartade du Jaloux : il en fit une description naïve et ridicule, et lui fit voir en même temps que cela était de fort mauvaise grâce, d'entrer ainsi tout effaré dans la chambre d'une Dame qu'il faisait profession d'aimer, et à qui d'ailleurs il ne pouvait rendre trop de respect. Le Jaloux en demeura honteux, et

Caliste de son côté parut fort interdite. Elle quitta donc la conversation qu'elle avait avec Orante, pour en commencer une autre avec le nouveau venu, qui tout galant et tout spirituel qu'il était, n'eut garde de la cajoler si agréablement que lui. Aussi quittait-elle volontiers toute autre compagnie pour celle d'Orante, qui assurément ne l'entretenait jamais que de choses agréables, si ce n'était aux jours qu'elle était moins belle qu'à son ordinaire : car alors, il ne pouvait s'empêcher de le lui dire, ou qu'elle était pâle, ou qu'elle avait les yeux battus, ou du moins qu'elle n'avait pas bon visage. Cette façon d'agir n'était pas à la vérité fort galante, aussi en fut-il puni, et très sévèrement, puisque enfin, il lui en coûta la vie, qui lui fut ôtée par cette même personne dont il était aimé.

Dans le temps que Caliste avait le plus de passion pour Orante, et qu'elle lui en donnait mille preuves obligeantes par les assiduités qu'elle avait pour lui, elle tomba malade d'une grosse fièvre qui l'obligea de se mettre au lit. Les Médecins ayant reconnu sa maladie qui était quelque chose de plus qu'une fièvre, et qui était sans doute la maladie la plus fâcheuse que puisse avoir une belle personne, non seulement pour le péril qu'il y a de la vie; mais aussi pour les atteintes cruelles et funestes qu'en reçoit la beauté, firent retirer d'auprès d'elle tout ce qui pouvait l'incommoder, et commencèrent par Orante, avec défenses expresses de le laisser entrer, quelque prière qu'en fît la Malade. Cet ordre ne fut pas difficile à observer dans le commencement, et dans le fort du mal qui ne lui permettait pas de songer à autre chose qu'à elle-même ; mais lorsqu'elle se vit hors de danger, on eut bien de la peine à résister à l'empressement qu'elle eut de voir son cher Orante, elle le demanda cent fois à ses femmes. Elle les pressa, et par prières et par menaces de le faire venir, mais inutilement : on voyait trop le péril qu'il y avait de lui donner cette satisfaction ; elle était tellement changée qu'elle n'était pas reconnaissable, et ceux qui l'abordaient ne pouvaient presque s'empêcher de témoigner leur étonnement et l'horreur qu'elle leur faisait. On se gardait bien néanmoins de lui rien dire qui la pût fâcher, et l'on tâchait de lui persuader que hors qu'elle était un peu bouffie, et un peu rouge, elle était aussi belle que jamais. Cependant elle jugeait bien qu'on la flattait, et qu'on craignait de l'affliger, et enfin qu'il n'y avait au monde que son fidèle Orante, qui fût assez sincère pour lui dire franchement la vérité.

Un jour qu'elle se trouva seule, et que malheureusement aucune de ses femmes n'était demeurée auprès d'elle, pressée d'impatience, elle se lève, et n'ayant mis sur elle qu'une jupe, elle passe dans son anti-

chambre, où elle croyait trouver Orante, et
où en effet elle le rencontra appuyé sur la
table, où il attendait toujours qu'on le fît
entrer. Transportée d'une extrême joie de le
voir, et en même temps saisie d'une horrible
crainte qu'il ne lui apprît de mauvaises nouvelles, elle s'approche. Mais hélas, quelle
entrevue ! et qu'elle fut cruelle à tous les
deux, elle ne fut pas plutôt devant lui, que
par une indiscrétion étrange, il lui dit qu'elle
faisait peur. On ne peut pas exprimer le
dépit ni la douleur qu'elle en ressentit, ni la
précipitation avec laquelle elle se retira.
Néanmoins comme elle ne pouvait croire
une chose si étrange et si surprenante, et que
d'ailleurs elle voulait voir si son insolence
irait jusqu'à redoubler, elle s'avance toute
tremblante et tout enflammée de colère : lui
sans s'émouvoir répète distinctement ce
qu'il venait de dire, et ajoute seulement
qu'elle avait tort de s'émouvoir ainsi, et que
cette grande altération qui paraissait sur son
visage, ne servait qu'à la rendre encore plus
laide et plus épouvantable. « Ha ! c'en est
trop, s'écria l'infortunée Caliste, tu t'en
repentiras, et voici la dernière fois qu'il
t'arrivera d'en user ainsi. » En prononçant
ces mots, elle prit un poinçon qui était sur la
table, et en frappa de toute sa force le malheureux Orante. Quoique l'arme dont elle se
servit ne soit pas de soi fort dangereuse, et
qu'elle fût conduite par la main d'une

femme, elle fit néanmoins une telle blessure que le coup se trouva mortel, le pauvre Orante ne cessa pas néanmoins de lui dire ses vérités tant qu'elle fut devant lui. Il est vrai qu'il ne s'expliquait pas si nettement qu'à l'ordinaire, et qu'il était un peu confus pour vouloir s'exprimer en trop de manières ; mais il ne se rendit point tant qu'il put se faire entendre. L'Amour qui suit partout la Beauté, et qui ne peut vivre un moment sans elle, avait quitté Caliste depuis quelques jours. Mais parce qu'il ne pouvait pas oublier entièrement une personne, dont il avait tiré de si grands avantages, et qui l'avait rendu Maître de tant de cœurs, il venait la voir de temps en temps pour apprendre de ses nouvelles.

Ce petit Dieu qui aimait Orante, et qui sans doute lui eût sauvé la vie s'il eût été présent à cette aventure, n'arriva malheureusement qu'après que le coup fut donné, et lorsqu'il n'était plus temps de le secourir. Déjà sa belle âme s'était envolée, et lorsqu'il approcha de lui, il ne trouva plus que son corps, sans couleur, sans mouvement, et froid comme glace. A la vue d'un si triste spectacle, l'Amour fut touché de douleur, et soupira de la perte qu'il venait de faire. Il se souvenait que c'était de lui que mille personnes avaient appris l'art de se faire aimer. Que souvent une femme médiocrement belle qu'il avait aidée à s'ajuster, avait blessé des

cœurs que sans son secours, elle n'aurait pas
seulement touchés ; et enfin qu'il perdait en
lui un de ses plus importants ministres, qui
avait travaillé le plus utilement pour la
gloire et pour l'agrandissement de son
Empire, et qui sans doute s'entendait le
mieux à bien ranger des attraits, et à mettre
des charmes et des appas en état de vaincre,
et de conquérir. Il eut à la vérité quelque joie
de la juste punition d'Orante qui avait
outragé si cruellement une femme dont il
était aimé, et qui avait contrevenu avec tant
d'insolence à la première et la plus invio-
lable de toutes ses lois, qui est de ne jamais
parler mal des femmes, et surtout en leur
présence. Néanmoins il eût bien souhaité
pouvoir lui redonner la vie ; mais on ne sait
que trop que c'est une chose au-delà de ses
forces. Tout ce qu'il put obtenir des desti-
nées, fut que le corps d'Orante serait incor-
ruptible, et qu'il aurait les mêmes qualités
que son âme avait possédées. A peine
l'Amour l'eut-il ainsi ordonné, que le corps
d'Orante perdant insensiblement la figure
d'homme, devint poli, clair et brillant,
capable de recevoir toutes sortes d'images,
et de les exprimer naïvement, si bien que
dans le même temps on lui vit représenter
tous les objets qui se trouvèrent devant lui.
L'Amour qu'il dépeignit avec son arc et son
carquois, et tel qu'il était alors en parut tout
surpris. Il s'approche avec admiration, il se

regarde de tous côtés, et remarque avec bien
de la joie que depuis qu'il est au monde, il
n'a rien vu de si beau ni de si charmant que
lui.

Comblé de plaisir et de gloire,
Il contemple son front d'ivoire,
Ses yeux étincelants et doux,
Ses yeux qui font trembler le plus ferme courage,
Et de qui le muet langage
Est le plus éloquent de tous.

Il voit de sa bouche divine,
Le ris et la grâce enfantine,
Dont lui-même il se trouve épris.
Il voit de ses cheveux les tresses vagabondes,
Qui mollement tombent par ondes,
Sur son teint de rose et de lys.

Il voit de ses plumes changeantes
Les couleurs vives et brillantes ;
Il en admire les appas ;
Et semble s'étonner en les voyant si belles,
Pourquoi l'on se plaint de ses ailes,
Jusqu'à vouloir qu'il n'en eût pas.

Il voit sa trousse où sont serrées
Ces petites flèches dorées
Qui partout le rendent vainqueur ;
Dont les coups font languir d'un aimable martyre,
Et dont quelque part qu'il les tire,
Il sait toujours frapper au cœur.

Le Dieu volage de Cythère,
Qui se mire et se considère,
Est amoureux de son tableau;
Et son cœur enflammé sent un plaisir extrême,
Qui le rend la moitié plus beau
En voyant un autre lui-même.

Ainsi lorsque deux belles âmes
Brûlent de mutuelles flammes,
L'amour en a plus d'agrément.
Il répand dans les cœurs une joie incroyable,
Et jamais il n'est plus charmant
Que quand il trouve son semblable.

La satisfaction que reçut l'Amour en se mirant fut si grande qu'elle dissipa entièrement le chagrin que lui avait donné la mort d'Orante, surtout quand il le vit métamorphosé de la sorte : parce qu'il jugea bien qu'il pourrait à l'avenir lui être aussi utile que jamais, et lui rendre en cet état les mêmes services qu'il en avait reçus durant sa vie. »

Ainsi finit l'histoire que ce galant homme nous conta. Elle plut fort à la compagnie, et lui fournit un ample sujet de conversation. Chacun fit sa réflexion sur l'aventure du malheureux Orante, et tous demeurèrent d'accord qu'il avait été véritablement un grand faiseur de portraits; mais qu'il n'était pas arrivé néanmoins à la dernière perfection de son art, qui ne demande pas seulement une imagination vive et prompte comme la sienne, pour dépeindre indifféremment toutes choses, mais qui désire encore un jugement solide, qu'il n'avait pas pour savoir faire le choix de ces mêmes choses, et pour bien connaître la belle manière dont il les faut représenter : parce, dirent-ils, qu'en faisant un portrait, ou quelque autre description, il s'offre mille petites vérités, ou inutiles ou désagréables que l'on doit supprimer ; qu'il s'en présente d'autres qu'il ne faut toucher que légèrement, et enfin que comme il n'est rien qui ne puisse être regardé de plusieurs biais, l'adresse principale de celui qui travaille, est de les tourner toujours du plus beau côté. Cette maxime fut appuyée par l'exemple de plusieurs belles descriptions, et surtout de celles qui sont dans Clélie, et dans Célinte qui furent admirées de toute la compagnie, et desquelles il fut dit d'une commune voix, que si jusques à ce jour elles ont eu peu de semblables, elles seront à l'avenir le modèle de toutes les autres.

LA PEINTURE
Poème

Doux charme de l'esprit, aimable Poésie,
Conduits la vive ardeur dont mon âme est saisie,
Et mêlant dans mes vers la force à la douceur
Viens louer avec moi la Peinture ta sœur,
Qui par les doux attraits dont elle est animée,
En séduisant mes yeux a mon âme charmée.
Et toi fameux Le Brun, ornement de nos jours,
Favori de la Nymphe, et ses tendres amours,
Qui seul as mérité par ta haute science,
D'avoir de ses secrets l'entière confidence,
D'une oreille attentive écoute dans ces vers
Les dons et les beautés de celle que tu sers.
 De l'Esprit Éternel la sagesse infinie
A peine eut du Chaos la Discorde bannie,
Et le vaste pourpris de l'Empire des Cieux
A peine était encor peuplé de tous ses Dieux,
Qu'ensemble on vit sortir du sein de la Nature
L'aimable Poésie et l'aimable Peinture,
Deux sœurs, dont les appas égaux, mais différents,
Furent le doux plaisir de l'esprit et des sens :
L'aînée eut en naissant la parole en partage,
La plus jeune jamais n'en eut le moindre usage ;
Mais ses traits et son teint ravirent tous les Dieux ;

Sa sœur charma l'oreille ; elle charma les yeux,
Elle apprit avec l'âge et les soins de l'École,
A si bien réparer son défaut de parole,
Que du geste aisément elle sut s'exprimer,
Et non moins que sa sœur discourir et charmer.
Si juste elle savait d'une adresse incroyable
Donner à chaque objet sa couleur véritable,
Que l'œil en le voyant de la sorte imité
Demandait à la main si c'était vérité.

  Sitôt qu'elle parut sur la voûte éternelle
Tous les Dieux étonnés eurent les yeux sur elle,
Et pour apprendre un art si charmant et si beau
Chacun d'eux à l'envi prit en main le pinceau.

  Le Maître souverain du Ciel et de la Terre,
D'un rouge étincelant colora son Tonnerre,
Et marqua d'un trait vif dans le vague des airs
L'éblouissant éclat de ses brillants éclairs.

  Dès la pointe du jour la diligente Aurore,
Depuis l'Inde fameux jusqu'au rivage More,
Couvrit tout l'Horizon d'un or luisant et pur,
Pour y répandre ensuite et le pourpre et l'azur.

  Celui qui des saisons fournit l'ample carrière,
Fit toutes les couleurs avecque sa lumière ;
Et ses rayons dorés sur la terre et les eaux
Furent dès ce moment comme autant de pinceaux,
Qui touchant les objets d'une légère atteinte,
Leur donnèrent à tous leur véritable teinte.

  D'un trait ingénieux l'inimitable Iris
Traça sur le fond bleu du céleste lambris
Un grand arc triomphal dont les couleurs
                        [brillantes
S'unissant l'une à l'autre, et pourtant différentes,

De leur douce nuance enchantèrent les yeux,
Et furent l'ornement de la voûte des Cieux.
 La céleste Junon sur l'air, et les nuages,
Peignit d'or et d'azur cent diverses images;
Et la mère Cybèle en mille autres façons,
Colora ses guérets, ses prés et ses moissons.
 Mais le plaisir fut grand de voir Flore et Pomone
Sur les riches présents que la terre leur donne
A l'envi s'exercer en couchant leurs couleurs,
A qui l'emporterait ou des fruits ou des fleurs.
 Les Nymphes toutefois des limpides fontaines,
Et des mornes étangs qui dorment dans les
                                    [plaines,
Ravirent plus que tous les yeux et les esprits,
Et sur les autres Dieux remportèrent le prix.
Ce fut peu d'employer les couleurs les plus vives
A peindre au naturel le penchant de leurs rives,
D'une adresse incroyable on les vit imiter
Tout ce qu'à leurs regards on voulut présenter.
Des plaines d'alentour, et des prochains bocages
Sur l'heure elles formaient cent divers paysages,
Et le plus vite oiseau sitôt qu'il paraissait,
Était peint sur leur onde au moment qu'il passait.
 Au pied de l'Hélicon d'un art inimitable
La Nymphe avait construit sa demeure agréable;
Là souvent Apollon, qui plus voisin des Cieux
Habite de ce mont les sommets glorieux,
Venait avec plaisir voir les nobles pensées
Qu'avait sa docte main sur la toile tracées,
Et lui communiquait ses savantes clartés
Sur les desseins divers qu'elle avait médités.
 Un jour qu'il vint trouver cette divine Amante

Dans son riche palais, où d'une main savante
Sur les larges parois, et dans les hauts lambris
Elle-même avait peint mille tableaux de prix ;
Il la vit au milieu d'une superbe salle,
Que le jour éclairait d'une lumière égale,
Qui par les traits hardis de ses doctes pinceaux,
D'un soin laborieux retouchait les tableaux
De neuf jeunes beautés, qui toutes singulières
Sous ses ordres suivaient neuf diverses manières,
Et qui s'étant formé de différents objets,
Avaient représenté neuf sortes de sujets.
  Celle qui s'occupait aux tableaux de l'Histoire,
Sur sa toile avait peint l'immortelle victoire
Que sur les vains Titans remportèrent les Dieux,
Lorsqu'un injuste orgueil leur disputa les Cieux.
Sur l'Olympe éclatant d'une vive lumière
Paraissait des vainqueurs la troupe auguste et
fière ;
Et dans l'ombre gisaient les vaincus dispersés,
Fumant du foudre encor qui les a renversés.
  Une autre moins sévère, et plus capricieuse,
Avait des mêmes Dieux peint la fuite honteuse,
Quand sur les bords du Nil vainement alarmés
On les voyait encore à demi transformés ;
D'un Bélier bondissant la toison longue et belle,
Cachait le Souverain de la troupe immortelle.
La timide Vénus plus froide qu'un glaçon,
Femme à moitié du corps finissait en poisson.
Et Bacchus dont la peur rendait les regards
                                        [mornes
Avait déjà d'un Bouc et la barbe et les cornes ;
Apollon qui se vit des ailes de corbeau,

Se détourna de honte, et quitta le tableau.
 Il se plut dans un autre à voir le vieux Silène,
Qui hâte sa monture, et s'y tenant à peine,
Mène un folâtre essaim de Faunes insolents,
Et de Dieux Chèvre-pieds, ivres et chancelants.
 Ensuite il contempla l'image de son père,
Plus connaissable encor par ce saint caractère
Qui le fait adorer des Dieux et des humains,
Que par le foudre ardent qu'il porte dans ses
                                          [mains.
 Sur la toile suivante il vit les beaux rivages
Du sinueux Pénée, et ses gras pâturages,
où libre de tous soins à l'ombre des ormeaux
Pan faisait résonner ses frêles chalumeaux.
 Dans un autre tableau riche d'Architecture,
Il voit de son Palais la superbe structure
Où brillent à l'envi l'or, l'argent, le cristal,
L'opale, et le rubis du bord Oriental.
 Dans le tableau suivant il sent tromper sa vue,
Par le fuyant lointain d'une longue avenue
De cèdres pâlissants, et de verts orangers,
Dont Pomone enrichit ses fertiles vergers.
 Ensuite il voit le Nil, qui sur ses blonds rivages
Abreuve de ses eaux mille animaux sauvages,
Puis les lis, les œillets, les roses, les jasmins,
Qui de la jeune Flore émaillent les jardins.
 De ces tableaux divers le beau fils de Latone
Contemple avec plaisir le travail qui l'étonne,
Admire leurs couleurs, leurs ombres, et leurs
jours,
Puis regardant la Nymphe, il lui tint ce discours.
 « Beauté de l'Univers, honneur de la Nature,

Charme innocent des yeux, trop aimable Peinture,
Rien ne peut égaler l'excellence des traits
Dont brillent à l'envi ces chefs-d'œuvre parfaits ;
Mais puisque l'Avenir en ses replis plus sombres,
N'a rien dont mes regards ne pénètrent les
                                        [ombres,
Je veux vous révéler les succès éclatants,
Qu'aura votre bel Art dans la suite des temps,
Quand aux simples mortels l'Amour par sa
                                        [puissance
En aura découvert la première science.
La Grèce ingénieuse à qui les Dieux amis,
De l'âme, et de l'esprit tous les dons ont promis,
Entre les régions doit être la première
Sur qui de tous les arts s'épandra la lumière ;
Chez elle les humains savants et curieux,
Marqueront les premiers le mouvement des
                                        [Cieux ;
Les premiers verront clair dans cette nuit obscure
Dont se cache aux mortels la secrète Nature ;
Le Méandre étonné sur ses tortueux bords,
De la première Lyre entendra les accords :
Votre art en même temps pour comble de sa gloire
Produira mille effets d'éternelle mémoire,
Là d'un soin sans égal les fruits représentés,
Par les oiseaux déçus se verront becquetés,
Et là d'un voile peint avec un art extrême,
L'image trompera les yeux du trompeur même.
D'un Maître renommé le chef-d'œuvre charmant
De sa ville éteindra l'affreux embrasement.
D'un autre plus fameux la main prompte et fidèle
Peindra la Cythérée, et la peindra si belle,

Que jamais nul pinceau n'osera retoucher
Les beaux traits que le sien n'aura fait
                         [qu'ébaucher.
Par mille autres travaux d'une grâce infinie,
La Grèce fera voir sa force et son génie.
Mais comme le Destin veut que de toutes parts
Habitent tour à tour la Science et les Arts ;
Que de ses grands desseins la sagesse profonde
En veut avec le temps honorer tout le monde,
Et dans tous les climats des hommes habités,
Épandre de leurs feux les fécondes clartés,
Les jours arriveront où l'aimable Italie
Des arts et des vertus doit se voir embellie ;
Le Chantre de Mantoue égalera les sons
Dont le divin Aveugle animait ses chansons ;
Et du Consul Romain les paroles hautaines
Feront autant de bruit que les foudres d'Athènes.
Alors éclatera l'adresse du Pinceau,
Et l'ouvrage immortel du pénible Ciseau ;
Là de mille tableaux les murailles parées,
Des Maîtres de votre Art se verront admirées ;
Et les marbres vivants épars dans les vergers
Charmeront à jamais les yeux des Étrangers.
Mais à quelque degré que cette gloire monte,
Rien ne peut empêcher que Rome n'ait la honte,
Malgré tout son orgueil de voir avec douleur
Passer chez ses voisins ce haut comble d'honneur :
Lorsque par les beaux arts, non moins que par la
                         [guerre,
La France deviendra l'ornement de la terre,
Elle aura quelque temps ce précieux trésor
Qu'elle ne croira pas le posséder encor,

Mais quand pour élever un Palais qui réponde
A l'auguste grandeur du plus grand Roi du monde,
L'homme, en qui tous les Arts sembleront
                                    [ramassés,
Du Tibre glorieux les bords aura laissés,
Elle verra qu'en vain de ces lieux elle appelle
La Science et les Arts qui sont déjà chez elle :
Sagement toutefois d'un désir curieux
Les Élèves iront enlever de ces lieux,
Sous de vieilles couleurs la science cachée,
Après qu'avec travail leur main l'aura cherchée,
Et mesurant des yeux ces marbres renommés
En dérober l'esprit dont ils sont animés.
  Les Arts arriveront à leur degré suprême,
Conduits par le génie et la prudence extrême
De celui dont alors le plus puissant des Rois,
Pour les faire fleurir aura su faire choix.
D'un sens qui n'erre point sa belle âme guidée,
Et possédant du beau l'invariable idée,
Élèvera si haut l'esprit des Artisans,
En leur donnant à tous ses ordres instruisants,
Et leur fera tirer par sa vive lumière,
Tant d'exquises beautés du sein de la matière,
Qu'eux-mêmes regardant leurs travaux plus
                                    [qu'humains
A peine croiront voir l'ouvrage de leurs mains.
  Nymphe c'est en ce temps que le bel art de
                                    [peindre
Doit monter aussi haut que l'homme peut
                                    [atteindre,
Et qu'au dernier degré les Pinceaux arrivés
Produiront à l'envi des tableaux achevés ;

Tableaux, dont toutefois l'ample et noble matière,
Que le Prince lui seul fournira tout entière,
Encor plus que l'Art même aura de l'agrément,
Et remplira les yeux de plus d'étonnement.
Rien ne peut égaler cette brillante gloire,
Qui formera le corps de toute son histoire,
Et qui doit animer les plus excellents traits,
Que la main d'un mortel dessignera jamais ;
Il n'est rien de semblable à l'adresse infinie,
Des Maîtres qui peindront au gré de leur génie,
Ses Chasses, ses Tournois, ses Spectacles
                                        [charmants,
Ses Festins, ses Ballets, et ses déguisements.
Combien sera la main noble, savante, et juste,
Qui donnera la Vie à ce visage auguste,
Où seront tous les traits, par qui les Souverains
Charment et font trembler le reste des humains ?
Que ceux dont le bon goût donné par la Nature,
Aime, admire, et connaît la belle Architecture,
Auront l'esprit content, et l'esprit satisfait,
De voir les grands desseins de ses riches Palais,
Qui pour leur noble audace, et leur grâce
                                        [immortelle
Des pompeux bâtiments deviendront le modèle ;
Qu'il sera doux de voir peint d'un soin curieux
De tous les beaux vergers le plus délicieux,
Soit pour l'aspect fuyant des longues avenues,
Soit pour l'aimable objet des différentes vues,
Soit pour le riche émail, et les vives couleurs
Des parterres semés des plus riantes fleurs !
Soit pour les grands étangs, et les claires fontaines
Qui de leurs vases d'or superbes et hautaines,

Et malgré la Nature, hôtesses de ces lieux
Par le secours de l'Art monteront jusqu'aux
                         [Cieux ?
Soit enfin pour y voir mille troupes errantes
De tous les animaux d'espèces différentes
Qui parmi l'Univers autrefois dispersés,
Dans ce charmant réduit se verront ramassés ;
C'est là que le Héros las du travail immense
Qu'exige des grands Rois l'emploi de leur
                         [puissance,
Ayant porté ses soins sur la terre et les flots,
Ira goûter en paix les charmes du repos ;
Afin qu'y reprenant une vigueur nouvelle,
Il retourne aussitôt où son peuple l'appelle.
  Ainsi lorsque mon char de la mer approchant,
Roule d'un pas plus vite aux portes du Couchant,
Après que j'ai versé dans tous les coins du monde
Les rayons bienfaisants de ma clarté féconde,
J'entre pour ranimer mes feux presque amortis
Dans l'humide séjour des grottes de Téthys,
D'où sortant au matin couronné de lumière,
Je reprends dans les Cieux ma course coutumière.
  De tant de beaux sujets le spectacle charmant,
De vos Nymphes alors, sera l'étonnement,
Elles verront un jour ces Nymphes si savantes,
Que de simples mortels avec leurs mains pesantes,
Malgré l'obscurité des nuages épais,
Qui du jour éternel leur dérobe les traits,
Atteindront aux beautés du souverain exemple,
Non moins qu'elles dont l'œil, sans voile le
                         [contemple.
Les neuf divines Sœurs écoutant les chansons

Qu'entonneront alors leurs savants Nourrissons,
En louant du Héros les hautes entreprises,
D'un même étonnement se trouveront surprises ;
Telle doit en ces temps de gloire et de grandeur,
De votre Art et du mien éclater la splendeur. »
  Là se tut Apollon, et la Nymphe ravie,
De voir de tant d'honneurs sa Science suivie,
Se plaignit en son cœur des Destins envieux,
Qui remettaient si loin ce siècle glorieux.
  Le Brun, c'est en nos jours que seront éclaircies
Du fidèle Apollon les grandes prophéties,
Puisqu'enfin dans la France on voit de toutes parts
Fleurir le règne heureux des Vertus et des Arts.
Tu sais ce qu'on attend de ces rares Génies
Qui pour connaître tout, ont leurs clartés unies,
Et pour qui désormais la Nature et les Cieux
N'ont rien d'impénétrable à leur œil curieux.
De combien d'Amphions les savantes merveilles,
De combien d'Arions les chansons nonpareilles,
Nous ravissent l'esprit par leurs aimables vers,
Et nous charment l'oreille au doux son de leurs
                                              [airs ?
Mais il suffit de voir ce que ta main nous donne,
Ces chefs-d'œuvre de l'Art, dont l'Art même
                                          [s'étonne,
Et ce qu'en mille endroits de tes grands ateliers,
Travaille sous tes yeux la main des Ouvriers.
C'est là que la Peinture avec l'or et la soie
Sur un riche tissu tous ses charmes déploie
Et que sous le ciseau les métaux transformés
Imposent à la vue, et semblent animés.
Sur ces travaux divers l'œil d'un regard avide

Admire le savoir de l'esprit qui le guide,
Mais ce qui plus encor les rendra précieux,
Est d'y voir figurer d'un soin industrieux,
Du plus grand des Héros les exploits mémorables,
Surtout dans ces tableaux à jamais admirables,
Où la savante aiguille a si naïvement
Tracé tout le détail de chaque événement.
    Là d'un art sans égal se remarque dépeinte
Du Monarque des Lys la ferveur humble et sainte,
Lorsqu'il reçoit les dons du baume précieux
Qu'autrefois à la France envoyèrent les Cieux.
    Là les yeux sont charmés de l'auguste présence
De deux Princes rivaux qui jurent alliance
Et devenus amis, mettent fin aux combats
Qui depuis trente Étés désolaient leurs États.
LOUIS, le cœur touché d'une solide gloire,
Et vainqueur des appas qu'étalait la Victoire,
Préfère sans regret le repos des sujets
Au bonheur assuré de ses vaillants projets.
    Ici brille l'éclat de l'heureuse journée,
Où le sacré lien d'un illustre Hyménée,
Parmi les vœux ardents des peuples réjouis,
Joint le cœur de THÉRÈSE à celui de LOUIS.
    Là se voit l'heureux jour, qui fatal à la France,
Lui donne tous les biens qu'enferme l'espérance,
Faisant naître un Dauphin en qui le Ciel a mis
De quoi remplir le sort à la France promis.
    Sur un autre tableau s'aperçoit figurée
Dunkerque qui des mains de l'Anglais retirée,
Ouvre ses larges murs et le fond de son cœur
A LOUIS son Monarque et son Libérateur.
    Ensuite on aperçoit la Nation fidèle,

Qui pleine de respect, de chaleur et de zèle,
A ce vaillant Héros vient ses armes offrir,
Et sous ses Étendards, veut ou vaincre, ou mourir.
  Ici le fier Marsal, au seul éclair du foudre,
Se rend avant le coup qui l'eût réduit en poudre,
Et du courroux du Prince évitant le malheur,
Éprouve sa clémence au lieu de sa valeur.
  Ici devant les yeux de l'Europe assemblée
L'Espagne reconnaît que de fureur troublée,
Elle a près la Tamise épanché notre sang
Et nous cède à jamais l'honneur du premier rang ;
Au front de son Ministre on voit la honte
                                    [empreinte,
Sur ceux des Étrangers la surprise et la crainte,
Dans les yeux des Français brille l'aise du cœur,
Et dans ceux de LOUIS l'héroïque grandeur.
  Ici pour expier une pareille offense
Rome vient de LOUIS implorer la clémence,
Promet d'en élever d'éternels monuments,
Et le désarme ainsi de ses ressentiments.
  Là le Raab étonné voit son onde rougie
De l'infidèle sang des peuples de Phrygie
Que le bras des Français par cent vaillants efforts
Au salut de l'Empire a versé sur ses bords.
  Mais Le Brun désormais il faut que tu t'apprêtes
A donner à nos yeux ces fameuses conquêtes,
Où le Prince lui-même au milieu des combats,
De son illustre exemple animait les soldats
Où pareil aux torrents qui tombant des
                                    [montagnes
Entraînent avec eux les moissons des campagnes,
Il a d'un prompt effort fièrement renversé

Tous les murs ennemis, où son cours a passé.
  De tant de grands sujets un amas se présente,
Capables d'épuiser la main la plus savante,
Que sans doute étonné de ce nombre d'exploits,
Ta peine la plus grande, est d'en faire le choix.
Mais garde d'oublier, quand d'un pas intrépide,
On le vit affronter la tranchée homicide,
Qui surprise, trembla d'un si hardi dessein,
Au moment périlleux qu'il entra dans son sein.
C'est là qu'avec grand soin il faut qu'en son visage
Tu traces vivement l'ardeur de son courage
Qui dans l'âpre danger ayant porté ses pas
Le fasse reconnaître au milieu des soldats.
Fais-nous voir quand Douai succombant à ses
                                           [armes
THÉRÈSE y répandit la douceur de ses charmes,
Et de ses seuls regards fit naître mille fleurs,
Où naguère coulaient et le sang, et les pleurs.
Quand Lille se voyant presque réduite en cendre,
Par le feu des assauts qui la force à se rendre,
Elle ouvre à son vainqueur ses murs et ses
                                        [remparts,
Où gronde et fume encor le fier courroux de Mars ;
En ce Prince elle voit tant de vertus paraître,
Qu'elle bénit le Ciel de lui donner un maître
Qu'au prix de plus de sang elle aurait dû vouloir,
Qu'elle n'en a versé pour ne le pas avoir.
  Surtout que ta main prenne un pinceau de
                                        [lumière,
Pour tracer dignement sa victoire dernière,
Quand le cœur averti d'une secrète voix
Par le Démon qui veille au bonheur des François,

Il quitte tout à coup sa conquête nouvelle,
Et courant sans relâche où la Gloire l'appelle,
Il suit les Ennemis qui chargeaient nos soldats,
Lassés et dépourvus du secours de son bras.
La terreur de son Nom qui devance ses armes,
Épandit dans les rangs de si vives alarmes
Qu'arrivant sur les lieux il trouva nos guerriers
Qui tous à pleines mains moissonnaient des
                                        [lauriers;
Ces lions irrités redoublant leur courage,
Faisaient des Ennemis un si cruel carnage,
Qu'il connut que son Nom prévenant son grand
                                        [cœur
Dérobait à son bras le titre de vainqueur,
Et qu'enfin la Victoire attendait toute prête
Qu'il parût à ses yeux pour couronner sa tête.
 Ainsi quand au matin les ombres de la nuit
Combattent les rayons du premier jour qui luit,
A peine en arrivant la belle Avant-Courrière
Annonce le retour du Dieu de la lumière,
Qu'on voit de toutes parts les ombres trébucher;
Ou derrière les monts s'enfuir et se cacher.
Cependant, cher Le Brun, sais-tu que cette gloire
Dont tu le vois paré des mains de la Victoire,
Qui ternit la splendeur des autres Demi-Dieux,
Qui de son vif éclat éblouit tous les yeux,
Et fait qu'en le voyant l'âme presque l'adore,
Sais-tu que cet éclat n'est encor que l'aurore,
Et le rayon naissant des beaux et des grands jours
Qu'il fera sur la Terre au plus haut de son cours.
 Oui du Dieu que je sers les plus sacrés augures
Par qui l'âme entrevoit dans les choses futures,

Et les divins accords de nos saintes chansons,
Ne sont qu'un vain mensonge et d'inutiles sons,
Ou nous allons entrer dans un siècle de gloire
Qui couvrira de honte, et la Fable, et l'Histoire,
Qui fameux et fertile en mille exploits divers
Portera sa lumière au bout de l'Univers.
 Que je vois de combats et de grandes journées,
De remparts abattus, de batailles gagnées,
De triomphes fameux, et de faits tout nouveaux
Qui doivent exercer tes glorieux pinceaux !
Alors sans remonter au siècle d'Alexandre,
Pour donner à ta main l'essor qu'elle aime à
                                        [prendre
Dans le noble appareil des grands Événements,
Dans la diversité d'Armes, de Vêtements,
De Pays, d'Animaux, et de Peuples étranges,
Les Exploits de LOUIS sans qu'en rien tu les
                                        [changes,
Et tels que je les vois par le sort arrêtés,
Fourniront plus encor d'étonnantes beautés,
Soit qu'il faille étaler sa guerrière puissance
Près des murs de Memphis, de Suse et de
                                        [Byzance ;
Soit qu'il faille tracer ses triomphes pompeux
Où suivront enchaînés les Tyrans orgueilleux
Qui sur leur triste front auront l'image empreinte
D'une sombre fierté qui fléchit sous la crainte,
Et dont l'affreux regard de douleur abattu,
Du glorieux Vainqueur publiera la vertu ;
Où les Ours, les Lions, les Tigres, les Panthères,
Redoutable ornement des Terres étrangères,
Les riches vases d'or, et les meubles exquis

Marqueront les climats des Royaumes conquis.
 Voilà les grands travaux que le Ciel te prépare,
Qui seront de nos jours l'ornement le plus rare
Et des siècles futurs le trésor précieux,
Puisqu'on sait que le temps, peintre judicieux,
Qui des Maîtres communs les tableaux décolore
Rendra les tiens plus beaux, et plus charmants
　　　　　　　　　　　　　　　　　　[encore,
Lorsque de son pinceau secondant ton dessein
Il aura sur leurs traits mis la dernière main.
Ce fut ce qu'autrefois un sage et savant Maître
Aux peintres de son temps sut bien faire connaître,
Il sut par son adresse en convaincre leurs yeux
Et leur en fit ainsi l'emblème ingénieux.
 Il peignit un vieillard dont la barbe chenue
Tombait à flots épais sur sa poitrine nue,
D'un sable diligent son front était chargé
Et d'ailes de Vautour tout son dos ombragé ;
Près de lui se voyait une faux argentée
Qui faisait peur à voir, mais qu'il avait quittée
Pour prendre ainsi qu'un Maître ébauchant un
　　　　　　　　　　　　　　　　　[tableau,
D'une main une éponge, et de l'autre un pinceau.
Les chefs-d'œuvre fameux dont la Grèce se vante,
Les tableaux de Zeuxis, d'Apelle et de Timanthe ;
D'autres maîtres encor des siècles plus âgés,
Étaient avec honneur à sa droite rangés :
A sa gauche gisaient honteux et méprisables,
Des peintres ignorants les tableaux innombrables,
Ouvrages sans esprit, sans vie et sans appas
Et qui blessaient la vue, ou ne la touchaient pas.
Sur les uns le Vieillard, à qui tout est possible,

Passait de son pinceau la trace imperceptible,
D'une couche légère allait les brunissant,
Y marquant des beautés, même en les effaçant ;
Et d'un noir sans égal fortifiant les ombres,
Les rendait plus charmants, en les rendant plus
[sombres,
Leur donnait ce teint brun qui les fait respecter
Et qu'un pinceau mortel ne saurait imiter.
Sur les autres tableaux d'un mépris incroyable,
Il passait sans les voir l'éponge impitoyable,
Et loin de les garder aux siècles à venir
Il en effaçait tout jusques au souvenir.
Mais Le Brun, si le Temps dans la suite des âges,
Loin de les effacer embellit tes ouvrages,
Et si ton art s'élève au comble de l'honneur,
Sache que de LOUIS t'est venu ce bonheur.
Quand le Ciel veut donner un Héros à la terre
Aimable dans la paix, terrible dans la guerre,
Dont le nom soit fameux dans la suite des ans,
Il fait naître avec lui des hommes excellents,
Qui sont par leurs vertus, leur courage et leur zèle,
Les dignes instruments de sa gloire immortelle,
Et qui pour son amour l'un de l'autre rivaux
Le suivent à l'envi dans ses rudes travaux :
De là nous sont donnés ces vaillants Capitaines
Qui semant la terreur dans les Belgiques plaines
Et courant aux dangers sur les pas de LOUIS,
Secondent de leurs bras ses Exploits inouïs.
De là viennent encor, et prennent leur naissance
Ces Nestors de nos jours, dont la rare prudence
Travaillant sous le Prince au bien de ses Sujets
Exécute avec soin ses glorieux projets.

De là nous est donné cet homme infatigable
Cet homme d'un labeur à jamais incroyable,
Qui sans peine remplit les emplois les plus hauts
Qui sans peine descend aux plus humbles travaux,
Qui l'esprit éclairé d'une lumière pure,
Voit tout, agit par tout ; semblable à la Nature
Dont l'âme répandue en ce vaste Univers
Opère dans les Cieux, sur la Terre et les Mers
Où paraît sa sagesse en merveilles fertile
Et dans le même temps sur le moindre reptile
Fait voir tant de travail, que nos regards surpris
Ne peuvent concevoir les soins qu'elle en a pris.
Mais le Ciel non content que du Héros qu'il
                          [donne
Par mille grands Exploits la vertu se couronne,
Il forme en même temps par ses féconds regards
Des hommes merveilleux dans tous les plus beaux
                          [Arts,
Afin qu'en cent façons ils célèbrent sa gloire,
Et que de ses hauts faits conservant la mémoire,
Des vertus du Héros la brillante clarté
Serve encor de lumière à la postérité.
De là nous sont venus tant de doctes Orphées
Qui chantent de LOUIS les glorieux trophées,
Apollon de ses feux anime leurs efforts
Et leur inspire à tous ces merveilleux accords :
De là vient que le Ciel au gré de la Nature
A voulu qu'en nos jours la charmante PEINTURE
T'ait mis au premier rang de tous les favoris
Que dans le cours des ans elle a le plus chéris,
T'ait donné de son Art la science profonde,
Ait caché dans ton sein cette source féconde

De traits ingénieux, de nobles fictions
Et le fond infini de ses inventions.
  Ainsi donc qu'à jamais ta main laborieuse
Poursuive de LOUIS l'histoire glorieuse,
Sans qu'un autre labeur, ni de moindres tableaux
Profanent désormais tes illustres pinceaux;
Songe que tu lui dois tes traits inimitables,
Qu'il y va de sa gloire, et qu'enfin tes semblables
Appartiennent au Prince, et lui sont réservés
Ainsi que les trésors sur ses terres trouvés.
  Et vous, Peintres savants, heureux dépositaires
Des secrets de la Nymphe et de ses saints mystères
Dont par votre discours, et les traits de vos mains
Se répand la lumière au reste des humains
D'hommes tous excellents, sage et docte
                                        [assemblée
Que les bontés du Prince ont de grâces comblée,
De ce Roi sans égal vous savez les hauts faits,
Vous voyez devant vous ses superbes Palais,
Allez, et que partout vos pinceaux se répandent
Pour donner à ces lieux les beautés qu'ils
                                        [demandent,
Que là, votre savoir par mille inventions
Parle de ses vertus et de ses actions;
Mais que les mêmes traits qui marqueront sa
                                        [gloire
De vos noms à jamais conservent la mémoire,
Et que de tous les temps les tableaux plus vantés,
Par vos nobles travaux se trouvent surmontés :
Montrez que de votre Art la science est divine,
Et qu'il tire des Cieux sa première origine.
Quelques profanes voix ont dit que le hasard

Aux premiers des mortels enseigna ce bel Art,
Et que quelques couleurs bizarrement placées
Leur en ont inspiré les premières pensées,
Mais qu'ils sachent qu'Amour le plus puissant des
                                    [Dieux
Le premier aux humains fit ce don précieux,
Qu'à sa main libérale en appartient la gloire,
Et pour n'en plus douter, qu'ils en sachent
                                    [l'histoire.
  Dans l'Ile de Paphos fut un jeune Étranger
Qui vivait inconnu sous l'habit d'un Berger,
La Nature avec joie et d'un soin favorable
Amassant en lui seul tout ce qui rend aimable
Avec tant d'agrément avait su le former
Que ce fut même chose et le voir et l'aimer.
Des Eaux et des Forêts les Nymphes les plus fières,
Sans attendre ses vœux, parlèrent les premières,
Mais son cœur insensible à leurs tendres désirs,
Loin de les écouter, méprisa leurs soupirs.
Entre mille beautés, qui rendirent les armes
Une jeune Bergère eut pour lui mille charmes
Et de ses doux appas lui captivant le cœur
Eut l'extrême plaisir de plaire à son vainqueur;
L'aise qu'elle sentit d'aimer et d'être aimée,
Accrut encor l'ardeur de son âme enflammée.
Soit que l'Astre des Cieux vienne allumer le jour
Soit que dans l'Océan il finisse son tour
Il la voit de l'esprit, et des yeux attachée
Sur le charmant objet dont son âme est touchée;
Et la Nuit, quand des Cieux elle vient s'emparer,
Sans un mortel effort ne l'en peut séparer.
  Pour la seconde fois la frileuse hirondelle

Annonçait le retour de la saison nouvelle,
Lorsque de son bonheur le destin envieux
Voulut que son Berger s'éloignât de ces lieux.
La nuit qui précéda cette absence cruelle
Il vint voir sa Bergère, et prendre congé d'elle,
Se plaindre des rigueurs de son malheureux sort
Et de ce dur départ plus cruel que la mort.
Elle pâle, abattue et de larmes baignée
Déplore en soupirant sa triste destinée,
Et songeant au plaisir qu'elle avait de le voir,
Ne voit dans l'avenir qu'horreur et désespoir.
Encor s'il me restait de ce charmant visage
Quelque trait imparfait, quelque légère image,
Ce départ odieux, disait-elle en son cœur,
Quelque cruel qu'il soit, aurait moins de rigueur.
Amour qui sais ma flamme et les maux que
                                        [j'endure,
N'auras-tu point pitié de ma triste aventure ?
Je ne demande pas la fin de mon tourment,
Mais hélas ! donne-moi quelque soulagement.
Sur l'aile des soupirs la prière portée
Du tout-puissant Amour ne fut point rejetée.
 Sur le mur opposé la lampe en ce moment
Marquait du beau garçon le visage charmant,
L'éblouissant rayon de sa vive lumière
Serrant de toutes parts l'ombre épaisse et
                                        [grossière
Dans le juste contour d'un trait clair et subtil,
En avait nettement dessiné le profil.
Surprise elle aperçoit l'image figurée,
Et se sentant alors par l'Amour inspirée
D'un poinçon par hasard sous ses doigts

                                        [rencontré,
Sa main qui suit le trait par la lampe montré,
Arrête sur le mur promptement et sans peine
Du visage chéri la figure incertaine ;
L'Amour ingénieux, qui forma ce dessein,
Fut vu dans ce moment lui conduire la main.
Sur la face du mur marqué de cette trace
Chacun du beau Berger connut l'air et la grâce,
Et l'effet merveilleux de cet événement
Fut d'un Art si divin l'heureux commencement.
 Par la Nymphe aux cent voix la charmante
                                        [Peinture
Instruite du succès d'une telle aventure,
Vint apprendre aux mortels mille secrets
                                        [nouveaux
Et leur montra si bien, comment dans les tableaux
Les diverses couleurs doivent être arrangées,
Ensuite au gré du jour plus ou moins ombragées ;
Comment il faut toucher les contours et le trait,
Et tout ce qui peut rendre un ouvrage parfait,
Qu'enfin l'Art est monté par l'étude et l'exemple
A ce degré suprême où notre œil le contemple,
Digne de la grandeur du Roi que nous servons,
Digne de la splendeur du siècle où nous vivons.

LE LABYRINTHE DE VERSAILLES

Entre les beautés presque infinies qui composent la superbe et agréable Maison de Versailles, le Labyrinthe en est une, qui peut-être n'éblouit pas d'abord extrêmement, mais qui étant bien considérée, a sans doute plus de charmes et d'agréments que pas une autre. C'est un carré de jeune bois fort épais et touffu, coupé d'un grand nombre d'allées qui se confondent les unes dans les autres avec tant d'artifice, que rien n'est si facile ni si plaisant que de s'y égarer. A chaque extrémité d'allée, et partout où elles se croisent, il y a des fontaines, de sorte qu'en quelque endroit qu'on se trouve on en voit toujours trois ou quatre et souvent six ou sept à la fois. Les bassins de ces fontaines, tous différents de figure et de dessein, sont enrichis de rocailles fines et de coquilles rares, et ont pour ornement divers animaux, qui représentent les plus agréables fables d'Ésope. Ces animaux sont si bien faits au naturel, qu'ils semblent être encore dans l'action qu'ils représentent, on peut dire même qu'ils ont en quelque façon la parole que la fable leur attribue, puisque l'eau qu'ils se jettent les uns aux autres, paraît non seulement leur donner la vie et l'action, mais leur servir aussi comme de voix pour exprimer leurs passions et leurs pensées.

Quoique ces fables n'aient été choisies entre plusieurs autres, que parce qu'elles ont été trouvées plus propres pour servir d'ornement à des fontaines (ce qu'elles font avec un succès incroyable) on a encore trouvé depuis, qu'elles renfermaient toutes quelque moralité galante. Ce mystère auquel on ne s'attendait pas, joint aux charmes et aux agréments sans exemple de ce lieu délicieux, beaucoup plus grand que l'on ne se l'était promis, ont fait dire à quelques gens que l'Amour lui-même s'en était mêlé, et ce qu'ils disent n'est pas sans apparence. Ils assurent que ce petit Dieu ayant rencontré un jour Apollon qui se promenait dans les beaux jardins de Versailles, qu'il aime maintenant plus qu'il n'a jamais aimé l'île Délos, lui parla de cette manière : « Je vois que toutes choses se font ici sous votre nom, et si je ne me trompe, sous votre conduite ; car je remarque tant de grandeur et tant d'esprit dans les divers ouvrages de cette Maison admirable, que les Arts mêmes avec toutes leurs lumières ne les auraient jamais pu faire, s'ils n'avaient été élevés et soutenus par une intelligence plus qu'humaine, et telle que la vôtre. Vous m'avouerez que les siècles passés n'ont rien fait de semblable, et que les excellents ouvrages de sculpture, qui vous représentent ici, soit lorsque vous sortez du sein des Eaux, pour éclairer la Terre, soit lorsque vous vous délassez dans les grottes de Téthys après vos grands travaux ; vous m'avouerez, dis-je, que ces figures vous font plus d'honneur que toutes celles que l'Antiquité vous a jamais consacrées. — Vous êtes bien honnête, répondit Apollon, de me donner toute la gloire de ces chefs-d'œuvre, sachant la part que vous y avez. — Quoi qu'il en soit, reprit l'Amour, je vous en laisse toute la gloire et consens que vous ordonniez de toutes choses, pourvu que vous me laissiez la disposition du Labyrinthe que j'aime avec passion, et qui me convient tout à fait. Car vous savez que je suis moi-même un labyrinthe, où l'on s'égare facilement. Ma pensée serait d'y faire quantité de fontaines, et de les orner des plus ingénieuses fables d'Ésope, sous lesquelles j'enfermerais des leçons et des maximes pour la conduite des amants ; en sorte que comme ces divers ornements de fontaines serviront à faire retrouver l'issue du Labyrinthe à ceux qui s'y seront égarés, mes maximes contenues sous ces fables, serviront aussi aux amants pour se tirer d'une infinité d'embarras où ils se trouvent tous les jours. Je voudrais aussi que la figure d'Ésope et la mienne fussent mises à l'entrée du Labyrinthe, lui comme Auteur des fables, et moi comme Auteur des moralités, je crois que ces deux figures, l'une d'un jeune garçon, aussi beau qu'on a accoutumé de me peindre ; et l'autre d'un homme aussi laid qu'Ésope, feraient un contraste qui ne serait pas désagréable. Voici, poursuivit-il, les Fables que j'ai choisies, et les Moralités que j'y ai faites. »

Ceux qui racontent cette histoire, disent que l'Amour fit voir à Apollon les Fables et les Moralités qui suivent, qu'Apollon trouva le tout fort à son gré, et qu'il promit à l'Amour d'y faire travailler avec tout le soin et toute la diligence imaginable.

Vers pour mettre dans le piédestail de la Figure d'Ésope :

Avec mes animaux pleins de ruse et d'adresse,
 Qui de vos mœurs font le vivant portrait
Je voudrais bien enseigner la sagesse,
 Mais mon voisin ne veut pas qu'on en ait.

Vers pour mettre dans le piédestail de la Figure de l'Amour :

 Je veux qu'on aime, et qu'on soit sage,
 C'est être fou que n'aimer rien ;
Chaque animal le dit en son langage
 Il ne faut que l'écouter bien.

I

LE DUC ET LES OISEAUX

Un jour le Duc fut tellement battu par tous
les Oiseaux, à cause de son vilain chant et de
son laid plumage, que depuis il n'a osé se
montrer que la nuit.

Tout homme avisé qui s'engage
Dans le Labyrinthe d'Amour,
Et qui veut en faire le tour,
Doit être doux en son langage,
Galant, propre en son équipage,
Surtout nullement loup-garou.
Autrement toutes les femelles
Jeunes, vieilles, laides et belles,
Blondes, brunes, douces, cruelles,
Se jetteront sur lui comme sur un Hibou.

II

LES COQS ET LA PERDRIX

Une Perdrix s'affligeait fort d'être battue
par des Coqs ; mais elle se consola, ayant vu
qu'ils se battaient eux-mêmes.

Si d'une belle on se voit maltraiter
Les premiers jours qu'on entre à son service,
Il ne faut pas se rebuter :

Bien des Amants, quoiqu'Amour les unisse,
Ne laissent pas de s'entrepicoter.

III

LE COQ ET LE RENARD

Un Renard priait un Coq de descendre,
pour se réjouir ensemble de la paix faite
entre les Coqs et les Renards : « Volontiers,
dit le Coq, quand deux lévriers que je vois,
qui en apportent la nouvelle, seront arrivés. » Le Renard remit la réjouissance à une
autre fois et s'enfuit.

Un rival contre nous est toujours enragé ;
      S'y fier est chose indiscrète,
      Quelque amitié qu'il vous promette,
      Il voudrait vous avoir mangé.

IV

LE COQ ET LE DIAMANT

Un Coq ayant trouvé un Diamant, dit :
« J'aimerais mieux avoir trouvé un grain
d'orge. »

Ainsi jeune beauté, mignonne et délicate,
　Gardez-vous bien de tomber sous la patte
　D'un brutal qui n'ayant point d'yeux
Pour tous les beaux talents dont votre esprit
　　　　　　　　　　　　　　　　[éclate,
　　Aimerait cent fois mieux
　La moindre fille de village,
　Qui serait plus à son usage.

V

LE CHAT PENDU ET LES RATS

　Un Chat se pendit par la patte, et faisant le mort, attrapa plusieurs Rats. Une autre fois il se couvrit de farine. Un vieux Rat lui dit : « Quand tu serais même le sac de la farine, je ne m'approcherais pas. »

Le plus sûr bien souvent est de faire retraite
　Le Chat est Chat, la Coquette est Coquette.

VI

L'AIGLE ET LE RENARD

　Une Aigle fit amitié avec un Renard, qui avait ses petits au pied de l'arbre où était son nid ; l'Aigle eut faim et mangea les petits du

Renard qui ayant trouvé un flambeau
allumé mit le feu à l'arbre et mangea les
Aiglons qui tombèrent à demi rôtis.

> Il n'est point de peine cruelle
> Que ne mérite une infidèle.

VII

LES PAONS ET LE GEAI

Le Geai s'étant paré un jour des plumes de
plusieurs Paons, voulait faire comparaison
avec eux; chacun reprit ses plumes, et le
Geai ainsi dépossédé, leur servit de risée.

> Qui n'est pas né pour la galanterie,
> Et n'a qu'un bel air emprunté,
> Doit s'attendre à la raillerie,
> Et que des vrais galants il sera bafoué.

VIII

LE COQ ET LE COQ D'INDE

Un Coq d'Inde entra dans une Cour en
faisant la roue. Un Coq s'en offensa et courut
le combattre, quoiqu'il fût entré sans dessein
de lui nuire.

D'aucun rival il ne faut prendre ombrage,
    Sans le connaître auparavant :
Tel que l'on croit dangereux personnage
    N'est qu'un fanfaron bien souvent.

IX

LE PAON ET LA PIE

Les Oiseaux élirent le Paon pour leur Roi à cause de sa beauté. Une Pie s'y opposa, et leur dit qu'il fallait moins regarder à la beauté qu'il avait qu'à la vertu qu'il n'avait pas.

Pour mériter le choix d'une jeune merveille,
    N'en déplaise à maint jouvenceau
Dont le teint est plus frais qu'une rose vermeille,
    Ce n'est pas tout que d'être beau.

X

LE DRAGON, L'ENCLUME, ET LA LIME

Un Dragon voulait ronger une Enclume, une Lime lui dit : « Tu te rompras plutôt les dents que de l'entamer. Je puis moi seule avec les miennes te ronger toi-même et tout ce qui est ici. »

Quand un galant est fâché tout de bon
En vain l'amante se courrouce,
Elle ne gagne rien de faire le Dragon,
Plus ferait une Lime douce.

XI

LE SINGE ET SES PETITS

Un Singe trouva un jour un de ses petits si
beau, qu'il l'étouffa à force de l'embrasser.

Mille exemples pareils nous font voir tous les
[jours,
Qu'il n'est point de laides amours.

XII

LE COMBAT DES OISEAUX

Les Oiseaux eurent guerre avec les Animaux terrestres. La Chauve-Souris croyant
les Oiseaux plus faibles, passa du côté de
leurs ennemis qui perdirent pourtant la
bataille. Elle n'a osé depuis retourner avec
les Oiseaux et ne vole plus que la nuit.

Quand on a pris parti pour les yeux d'une belle,
Il faut être insensible à tous autres attraits,

Il faut jusqu'à la mort lui demeurer fidèle,
  Ou s'aller cacher pour jamais.

XIII

LA POULE ET LES POUSSINS

Une Poule voyant approcher un Milan, fit entrer ses Poussins dans une cage, et les garantit ainsi de leur ennemi.

Quand on craint les attraits d'une beauté cruelle,
  Il faut se cacher à ses yeux
Ou soudain se ranger sous les lois d'une Belle
Qui sache nous défendre et qui nous traite mieux.

XIV

LE RENARD ET LA GRUE

Un Renard ayant invité une Grue à manger, ne lui servit dans un bassin fort plat, que de la bouillie qu'il mangea presque toute lui seul.

Tromper une Maîtresse est trop se hasarder,
  Et ce serait grande merveille,
Si malgré tous les soins qu'on prend à s'en garder,
  Elle ne rendait la pareille.

XV

LA GRUE ET LE RENARD

La Grue pria ensuite le Renard à manger,
et lui servit aussi de la bouillie, mais dans
une fiole, où faisant entrer son grand bec,
elle la mangea toute, elle seule.

On connaît peu les gens à la première vue,
    On n'en juge qu'au hasard
    Telle qu'on croit une Grue
    Est plus fine qu'un Renard.

XVI

LE PAON ET LE ROSSIGNOL

Un Paon se plaignait à Junon de n'avoir
pas le chant agréable comme le Rossignol.
Junon lui dit : « Les Dieux partagent ainsi
leurs dons, il te surpasse en la douceur du
chant, tu le surpasses en la beauté du plumage. »

L'un est bien fait, l'autre est galant,
Chacun pour plaire a son talent.

XVII

LE PERROQUET ET LE SINGE

Un Perroquet se vantait de parler comme
un homme : « Et moi, dit le Singe, j'imite
toutes ses actions. » Pour en donner une
marque, il mit la chemise d'un jeune garçon
qui se baignait là auprès, où il s'empêtra si
bien que le jeune garçon le prit et l'enchaîna.

Il ne faut se mêler que de ce qu'on sait faire,
Bien souvent on déplaît pour chercher trop à
                                            [plaire.

XVIII

LE SINGE JUGE

Un Loup et un Renard plaidaient l'un
contre l'autre pour une affaire fort embrouil-
lée. Le Singe qu'ils avaient pris pour Juge,
les condamna tous deux à l'amende, disant
qu'il ne pouvait faire mal de condamner
deux aussi méchantes bêtes.

Quand deux amants en usent mal,
Ou que l'un et l'autre est brutal,
Quelques bonnes raisons que chacun puisse dire
Pour être préféré par l'objet de ses vœux,
La Belle doit en rire
Et les chasser tous deux.

XIX

LE RAT ET LA GRENOUILLE

Une Grenouille voulant noyer un Rat, lui proposa de le porter sur son dos par tout son marécage, elle lia une de ses pattes à celle du Rat, non pas pour l'empêcher de tomber, comme elle disait; mais pour l'entraîner au fond de l'eau. Un Milan voyant le Rat fondit dessus, et l'enlevant, enleva aussi la Grenouille et les mangea tous deux.

De soi la trahison est infâme et maudite,
Et pour perdre un rival, rien n'est si hasardeux,
   Quelque bien qu'elle soit conduite,
   Elle fait périr tous les deux.

XX

LE LIÈVRE ET LA TORTUE

Un Lièvre s'étant moqué de la lenteur d'une Tortue, de dépit elle le défia à la course. Le Lièvre la voit partir et la laisse si bien avancer, que quelques efforts qu'il fît ensuite, elle toucha le but avant lui.

Trop croire en son mérite est manquer de cervelle,
Et pour s'y fier trop maint amant s'est perdu.
   Pour gagner le cœur d'une Belle,
   Rien n'est tel que d'être assidu.

XXI

LE LOUP ET LA GRUE

Un Loup pria une Grue de lui ôter avec son bec un os qu'il avait dans la gorge, elle le fit et lui demanda récompense : « N'est-ce pas assez, dit le Loup, de ne t'avoir pas mangée ? »

Servir une ingrate beauté,
C'est tout au moins peine perdue,
Et pour prétendre en être bien traité,
Il faut être bien Grue.

XXII

LE MILAN ET LES OISEAUX

Un Milan feignit de vouloir traiter les petits Oiseaux le jour de sa naissance, et les ayant reçus chez lui les mangea tous.

Quand vous voyez qu'une fine femelle,
En même temps fait les yeux doux
A quinze ou seize jeunes fous,
Qui tous ne doutent point d'être aimés de la Belle,
Pourquoi vous imaginez-vous
Qu'elle les attire chez elle
Si ce n'est pour les plumer tous.

XXIII

LE SINGE ROI

Un Singe fut élu Roi par les Animaux, pour avoir fait cent singeries avec la couronne qui avait été apportée pour couronner celui qui serait élu. Un Renard indigné de ce choix, dit au nouveau Roi qu'il vînt prendre un trésor qu'il avait trouvé. Le Singe y alla et fut pris à un trébuchet tendu où le Renard disait qu'était le trésor.

Savoir bien badiner est un grand avantage
    Et d'un très grand usage,
Mais il faut être accort, sage, discret et fin,
    Autrement l'on n'est qu'un badin.

XXIV

LE RENARD ET LE BOUC

Un Bouc et un Renard descendirent dans un puits pour y boire, la difficulté fut de s'en retirer ; le Renard proposa au Bouc de se tenir debout, qu'il monterait sur ses cornes, et qu'étant sorti il lui aiderait. Quand il fut dehors, il se moqua du Bouc, et lui dit : « Si tu avais autant de sens que de barbe, tu ne serais pas descendu là, sans savoir comment tu en sortirais. »

Tomber entre les mains d'une Coquette fière,
  Est un plus déplorable sort,
Que tomber dans un puits la tête la première,
  On est bien fin quand on en sort.

XXV

LE CONSEIL DES RATS

Les Rats tinrent conseil pour se garantir d'un Chat qui les désolait. L'un d'eux proposa de lui pendre un grelot au cou; l'avis fut loué, mais la difficulté se trouva grande à mettre le grelot.

Quand celle à qui l'on fait la cour,
  Est rude, sauvage et sévère;
  Le moyen le plus salutaire,
Serait de lui pouvoir donner un peu d'amour,
  Mais c'est là le point de l'affaire.

XXVI

LE SINGE ET LE CHAT

Le Singe voulant manger des marrons qui étaient dans le feu, se servit de la patte du Chat pour les tirer.

Faire sa cour aux dépens d'un Rival,
Est à peu près un tour égal.

XXVII

LE RENARD ET LES RAISINS

Un Renard ne pouvant atteindre aux Raisins d'une treille, dit qu'ils n'étaient pas mûrs, et qu'il n'en voulait point.

Quand d'une charmante beauté,
Un galant fait le dégoûté,
Il a beau dire, il a beau feindre,
C'est qu'il n'y peut atteindre.

XXVIII

L'AIGLE ET LE LAPIN

L'Aigle poursuivant un Lapin, fut priée par un Escarbot de lui donner la vie, elle n'en voulut rien faire, et mangea le Lapin. L'Escarbot par vengeance cassa deux années de suite les œufs de l'Aigle, qui enfin alla pondre sur la robe de Jupiter. L'Escarbot y fit tomber son ordure. Jupiter voulant la secouer, jeta les œufs en bas, et les cassa.

Ce n'est pas assez que de plaire
A l'objet dont votre âme a ressenti les coups :
    Il faut se faire aimer de tous ;
    Car si la soubrette est contraire,
    Vous ne ferez jamais affaire
    Quand la Belle serait pour vous.

XXIX

LE LOUP ET LE PORC-ÉPIC

Un Loup voulait persuader à un Porc-Épic de se défaire de ses piquants, et qu'il en serait bien plus beau. « Je le crois, dit le Porc-Épic, mais ces piquants servent à me défendre. »

Jeunes beautés, chacun vous étourdit,
A force de prôner que vous seriez plus belles,
    Si vous cessiez d'être cruelles,
Il est vrai, mais souvent c'est un Loup qui le dit.

XXX

LE SERPENT À PLUSIEURS TÊTES

Deux Serpents l'un à plusieurs têtes, l'autre à plusieurs queues, disputaient de leurs avantages. Ils furent poursuivis ; celui à plusieurs queues se sauva au travers des

broussailles, toutes les queues suivant aisément la tête. L'autre y demeura, parce que
les unes de ses têtes allant à droite, les autres
à gauche, elles trouvèrent des branches qui
les arrêtèrent.

Écouter trop d'avis est un moyen contraire,
    Pour venir à sa fin,
Le plus sûr, en amour, comme en toute autre
                      [affaire,
    Est d'aller son chemin.

XXXI

LA PETITE SOURIS, LE CHAT, ET LE COCHET

Une petite Souris ayant rencontré un Chat
et un Cochet, voulait faire amitié avec le
Chat ; mais elle fut effarouchée par le Cochet
qui vint à chanter. Elle s'en plaignit à sa
mère, qui lui dit : « Apprends que cet animal
qui te semble si doux, ne cherche qu'à nous
manger, et que l'autre ne nous fera jamais de
mal. »

De ces jeunes plumets plus braves qu'Alexandre,
    Il est aisé de se défendre ;
    Mais gardez-vous des doucereux,
    Ils sont cent fois plus dangereux.

XXXII

LE MILAN ET LES COLOMBES

Les Colombes poursuivies par le Milan,
demandèrent secours à l'Épervier, qui leur
fit plus de mal que le Milan même.

On sait bien qu'un mari fait souvent enrager,
   Toutefois la jeune Colombe,
   Qui gémit, et veut se venger,
   Doit bien, avant que s'engager,
   Voir en quelles mains elle tombe;
Car si l'amant est brutal et jaloux,
   Il est pire encor que l'époux.

XXXIII

LE DAUPHIN ET LE SINGE

Un Singe dans un naufrage, sauta sur un
Dauphin qui le reçut, le prenant pour un
homme; mais lui ayant demandé s'il visitait
souvent le Pirée qui est un port de mer, et le
Singe ayant répondu qu'il était de ses amis,
il connut qu'il ne portait qu'une bête, et le
noya.

En vain un galant fait le beau,
A beaux traits, beaux habits, beau linge, et belle
                    [tête,

Si du reste c'est une bête,
Il n'est bon qu'à jeter en l'eau.

XXXIV

LE RENARD ET LE CORBEAU

Un Renard voyant un fromage dans le bec
d'un Corbeau, se mit à louer son beau chant.
Le Corbeau voulut chanter, et laissa choir
son fromage que le Renard mangea.

On peut s'entendre cajoler,
Mais le péril est de parler.

XXXV

DU CYGNE ET DE LA GRUE

La Grue demanda à un Cygne, pourquoi il
chantait : « C'est que je vais mourir, répondit le Cygne, et mettre fin à tous mes maux. »

Quand d'une extrême ardeur on languit nuit et
                                              [jour,
Cette ardeur devient éloquente,
Et la voix d'un amant n'est jamais si charmante,
Que quand il meurt d'amour.

XXXVI

LE LOUP ET LA TÊTE

Un Loup voyant une belle Tête, chez un Sculpteur, disait : « Elle est belle, mais le principal lui manque, l'esprit et le jugement. »

Pour tenir dans les fers un amant arrêté,
Il faut joindre l'esprit avecque la beauté.

XXXVII

LE SERPENT ET LE HÉRISSON

Un Serpent retira dans sa caverne un Hérisson qui s'étant familiarisé, se mit à le piquer. Il le pria de se loger ailleurs. « Si je t'incommode, dit le Hérisson, tu peux toi-même chercher un autre logement. »

Introduire un ami chez la beauté qu'on aime,
Est bien souvent une imprudence extrême,
Dont à loisir on se repent ;
L'ami prend votre place, est aimé de la belle,
Et l'on n'est plus regardé d'elle
Que comme un malheureux serpent.

XXXVI

LES CANES ET LE PETIT BARBET

Un petit Barbet poursuivait à la nage de grandes Canes. Elles lui dirent : « Tu te tourmentes en vain, tu as bien assez de force pour nous faire fuir, mais tu n'en as pas assez pour nous prendre. »

Il faut que l'objet soit sortable ;
C'est autrement soi-même se trahir,
Quand on n'est pas assez aimable ;
Plus on poursuit, plus on se fait haïr.

Le Barbet de cette fontaine court effectivement après les Canes qui fuient devant lui ; et le Barbet et les Canes jettent de l'eau en l'air, en tournant l'un après l'autre. Cette fontaine s'appelle aussi la fontaine du gouffre, parce que les eaux qui entrent dans son bassin avec grande abondance, y tournoient avec rapidité et avec bruit ; puis s'engouffrent dans la terre et s'y perdent.

ANNEXES

IMPRIMÉ EN UNION EUROPÉENNE
le 24-11-1994
B/077-93 – Dépôt légal, janvier 1994

ISBN : 287714-165-9